Georg Walter

# Gott zum Anfassen?

## *Die Hütte* und die »Neue Spiritualität«

Christliche
Literatur-Verbreitung e. V.
Postfach 11 01 35 · 33661 Bielefeld

Alle Zitate und Seitenzahlen aus dem Buch *Die Hütte* sind der im Verlag Allegria, Berlin, erschienenen deutschen Ausgabe (6. Auflage 2009) entnommen.

Alle Bibelstellen wurden der Revidierten Elberfelder Bibel, 1985, entnommen, sofern nicht anders vermerkt.

1. . Auflage 2010

© 2010 by CLV · Christliche Literatur-Verbreitung
Postfach 11 01 35 · 33661 Bielefeld
CLV im Internet: www.clv.de

Umschlag und Satz: CLV
Druck und Bindung: CPI – Ebner & Spiegel, Ulm

ISBN 978-3-86699-225-2

# Inhalt

# Vorwort

Das Buch *Die Hütte* des kanadischen Autors William Paul Young erregte in Deutschland bereits Aufmerksamkeit, bevor der umstrittene Bestseller hierzulande im Juni 2009 seine Erstauflage erlebte. Das christliche Medienmagazin *pro* kündigte die erste Auflage des Buches im Februar 2009 mit dem Hinweis an, dass das Buch unter Theologen in den USA für erhebliche Debatten gesorgt hatte. Im Mai 2009 stellte ich auf meinem Blog *distomos. blogspot.com* eine erste kritische Rezension von Daniel Hames über das Buch William P. Youngs ins Internet.

Seit dem ersten Blogeintrag zu dem Thema *Die Hütte* bis zur Fertigstellung dieses Buches gehört die Rezension von Daniel Hames zu den meistgelesenen Artikeln auf meinem Blog – um genau zu sein, zu den TOP-5-Artikeln. Auch andere Stellungnahmen, die ich zum Thema *Die Hütte* sammelte, werden weiterhin gerne abgerufen. Dies ist ein Indiz für das große Interesse an dem Inhalt dieses Buches.

Mit der Erstauflage von William P. Youngs Buch im esoterischen Verlag *Allegria* erschien auch das Begleitbuch von Roger E. Olson, *Gott und »Die Hütte« – Was ist dran am Gottesbild des Weltbestsellers?* im Verlag *Gerth Medien*; Roger E. Olson zieht allerdings eine positive Bilanz, was die Botschaft des Buches angeht. 2010 legte *Gerth Medien* nach und bot in seinem Frühjahrsprogramm zwei Bücher von Kerstin Hack an, die das Thema *Die Hütte* aufgreifen und vertiefen. Es handelt sich um die Titel *Die Hütte und ich: Gott neu vertrauen – eine Reise* und den Bildband *Ich warte auf dich in der Hütte – Gott neu begegnen*. Möglicherweise werden weitere Begleitpublikationen für die Verbreitung des Buches *Die Hütte* sorgen.

Das große Interesse an den Artikeln meines Blogs zum Thema *Die Hütte*, eine Reihe von Diskussionen mit Lesern des Buches, die sich durch biblische Argumente umstimmen ließen und die Gefahren der Botschaft von William P. Young erkannten, sowie der Umstand, dass bis zu dem Zeitpunkt der Niederschrift dieses Buches noch kein Verlag eine kritische Publikation zu dem Bestseller angekündigt hatte, bewog mich dazu, eine ursprünglich für meinen Blog bestimmte Artikelreihe über das Buch *Die Hütte* zusammenzufassen und einem Verlag zur Veröffentlichung vorzulegen.

Ich hoffe, dass sich dieses Buch allen Lesern als hilfreich erweisen wird, die den Bestseller von William P. Young im Lichte der Bibel nüchtern und sachlich betrachten wollen.

*Georg Walter*
*Juni 2010*

# Kapitel 1
# Der Bestseller, den niemand wollte

*Ich warne euch: Die menschliche Manipulation unserer Emotionen auf der einen Seite und die Beglaubigung von Gottes geoffenbarter Wahrheit in unserem Leben durch den Dienst des Heiligen Geistes auf der anderen Seite sind zwei völlig verschiedene Dinge. Wenn Gefühle in unserer christlichen Erfahrung geweckt werden, muss es die Frucht dessen sein, was Gottes Wahrheit in uns wirkt. Wenn dem nicht so ist, hat dies überhaupt nichts mit geistlichen Gefühlsregungen zu tun.*[1]
A. W. Tozer

William P. Young wurde am 11. Mai 1955 im kanadischen Grande Prairie geboren. Die ersten zehn Jahre seiner Kindheit verbrachte er mit seinen Eltern, die Missionare waren, in einem Dorf von Ureinwohnern im niederländischen Neuguinea. Später wurde William auf ein christliches Internat in Kanada geschickt, an dem er sexuell missbraucht worden war. Laut einem Artikel eines kanadischen Nachrichtenmagazins »bewahrte er seine Geheimnisse für sich selbst und baute *seine Hütte*: der Ort, an dem wir alle unseren Mist abladen«; er »irrte durch sein Leben. Ein wenig Halt gab ihm sein Glaube, viel Unterstützung erfuhr er jedoch durch seine Frau Kim.«[2] Der Vater von sechs Kindern, der viele Jahre als Büroangestellter und Nachtportier in Hotels gearbeitet hatte, erzählt offen, wie er im Alter von 38 Jahren nach einer dreimonatigen Affäre mit der besten Freundin seiner Frau an einem Tiefpunkt in seinem Leben angekommen war: »Das war es dann, dies war der Zusammenbruch meiner klei-

---

1  A. W. Tozer, *Jesus, Our Man in Glory*, Christian Publications, Camp Hill, Pennsylvania, USA, 1987, S. 84.
2  Brian Bethune, *A God who looks like Aunt Jemima – And a Trinity to match: it's only one reason for a Canadian book's phenomenal success*. 20. August 2008. URL: http://www.macleans.ca/culture/media/article.jsp?content=20080820_51506_51506.

nen, behutsamen Welt des Glaubens. Entweder musste ich auf die Knie gehen, um mit dem Schmerz und der Wut meiner Frau fertig zu werden, oder ich musste mich umbringen.«[3]

William P. Young brachte sich glücklicherweise nicht um. Der heute in Happy Valley in Oregon in den westlichen USA lebende Mann »ging zum ersten Mal in *seine Hütte* und begab sich auf eine elf Jahre dauernde Odyssee, um seine Beziehung mit Kim, mit Gott und mit dem Rest der Menschheit wiederherzustellen. 2004 ging er verändert aus dieser Reise hervor und war bereit zu sprechen.«[4] An die Veröffentlichung eines Buches dachte Young in jener Zeit noch nicht. Seine Frau Kim ermutigte ihn, die Erfahrungen seiner inneren Heilung niederzuschreiben; und so verfasste er einen Roman, in dem es um die Liebe Gottes zu den Menschen geht. Dieser Roman war zunächst ausschließlich für seine Familie und enge Freunde gedacht.

2005 ließ Young 15 Exemplare seines Manuskriptes drucken und verschenkte sie zu Weihnachten an Familie und Freunde. Dies war die Grundlage für das später so erfolgreiche Buch *Die Hütte*. Young dachte nicht weiter an das Weihnachtsgeschenk des Jahres 2005, bis er E-Mails von unbekannten Personen erhielt, die ihm mitteilten, wie wertvoll seine Niederschrift für sie war. Überrascht von den positiven Reaktionen holte er sich bei dem Autor und ehemaligen Pastor Wayne Jacobsen Rat über sein Buch ein. Zur Überraschung von Young antwortete dieser ihm bereits nach drei Tagen. »Er berichtete mir, dass er selten auf ein Buch gestoßen war, das er seinen Freunden weitergeben wollte, aber mein Buch war ein solches«, erläuterte Young.[5] Wayne Jacobsen gab das Buch an zwei Freunde weiter, Bobby Downes und Brad Cummings; sie alle waren begeistert von dem Buch.

---

3  Ebd.
4  Ebd.
5  Jordan E. Rosenfeld, *William P. Young's Cinderella Story*. 13.1.2009. URL: http://www.everything.com/WD-william-p-young/.

Es war Wayne Jacobsen, der Young vorschlug, seine Niederschrift in Romanform zu gießen und zu versuchen, einen Verlag zu finden, der bereit wäre, dies als Buch zu veröffentlichen. Young fand Gefallen an diesem Vorschlag und berichtet über diese Zeit: »Es war eine besondere Erfahrung der Zusammenarbeit … Wir alle gingen einer regelmäßigen Arbeit nach, aber in unserer Freizeit sandten wir das Manuskript an unsere Freunde und schrieben es um.«[6] Nachdem das Buch endlich fertig war, bot Young es insgesamt 26 christlichen wie säkularen Verlagen an. Die christlichen Verlage lehnten ab, weil das Werk ihnen zu ausgefallen war, und die säkularen Verlage »sagten im Grunde das Gleiche, außer dass es für sie ›zu viel über Jesus‹ enthielt.«[7]

Doch weder Young noch Jacobsen und Cummings ließen sich entmutigen. Die beiden Letzteren waren von dem Erfolg des Buches so überzeugt, dass sie Young für das Vorhaben gewannen, einen eigenen Verlag zu gründen, um das Buch zu veröffentlichen. Die drei Männer legten ihr Geld zusammen, und so entstand im Mai 2007 der Verlag *Windblown Media* mit einem einzigen Buch – *Die Hütte* (*The Shack*). Die Garage von Cummings in Kalifornien diente als Lager der ersten Auflage von 11.000 Büchern, und eine Webseite als Marketing-Instrument sollte den Verkauf der Bücher fördern. »Ihr Ziel war es, diese erste Auflage in zwei Jahren zu verkaufen und die Grundlage dafür zu schaffen, weitere 100.000 Bücher in den nächsten fünf Jahren zu verkaufen und den Roman zu verfilmen.«[8]

Bereits nach vier Monaten war die erste Auflage vergriffen. Was dann geschah, übertraf die Erwartungen der drei Männer, die sich auf dieses Abenteuer eingelassen hatten. In den nächsten drei Monaten sollten weitere 55.000 Exemplare des Buches ver-

---

6  Ebd.
7  Ebd.
8  Ebd.

kauft werden. Unglaubliche 70 Wochen war das Buch die Nummer 1 in der Bestsellerliste der *New York Times* und hielt sich bis 2010 unter den Top Ten der amerikanischen Bestseller. Im Juli 2008 erschien das Buch auch in Großbritannien und eroberte die britischen Leser im Sturm. Weltweit gab es Anfang 2010 über 10 Millionen verkaufte Bücher in 30 verschiedenen Sprachen. Mindestens in zehn weitere Sprachen soll das Buch in naher Zukunft übersetzt werden. In Großbritannien wurde im Februar 2010 bereits das 500 000. Exemplar verkauft. Und dieser Erfolg war ohne aufwendige Marketingstrategien und mit dem bescheidenen Einsatz von 300 US-Dollar für Marketingmaßnahmen möglich gewesen.

Das christliche Medienmagazin *pro* kündigte das Buch, das im Juni 2009 in deutscher Übersetzung erschien, bereits im Februar 2009 mit folgenden Worten an: »Dieses Buch verändert. Es nimmt dem Zweifler die Zweifel, dem Traurigen die Trauer, es gibt dem Hoffnungslosen neue Hoffnung. Nur so kann der Erfolg von ›The Shack‹ (›Die Hütte‹) erklärt werden, das sich seit Monaten auf Platz 1 der ›New York Times‹-Bestsellerliste hält. ›The Shack‹ von William Paul Young, einem engagierten Christen, ist ein Phänomen – und das in mehrfacher Hinsicht. In den USA ist das Buch ein Bestseller – und ab Juni könnte es auch Millionen deutsche Leser verändern.«[9] Andreas Dippel, Autor des Artikels in *pro*, wusste um die Kontroversen, die dieses Buch unter Theologen in den USA auslöste, als er anmerkte, dass das Buch »für erhebliche Debatten gesorgt« hat, was die »Darstellung der Trinität« und »einzelne Aussagen über Gott« angeht.[10] Das Buch erschien am 12. Juni 2009 unter dem Titel *Die Hütte – Ein Wochenende mit Gott* auf dem deutschen Buchmarkt.

---

9   Andreas Dippel, *Die Geschichte aus der Hütte*. Medienmagazin pro, 2/2009, S. 4.
    URL: http://www.pro-medienmagazin.de/fileadmin/pdf_pro/PRO_2009_02.pdf.
10  Ebd., S. 5.

Der bekannte US-amerikanische Autor, Theologe und Bibelüber-
setzer Eugene Peterson warb für das Buch *Die Hütte* mit folgenden Worten: »Dieses Buch hat das Potenzial, für unsere Generation das zu werden, was John Bunyans *Pilgerreise* für dessen
Generation war. So gut ist es.« Und *pro* erklärt: »Die Pilgerreise
beschreibt das Leben eines Christen als Roman, mit allegori-
schen Beispielen aus dem Alltag, die einen Bezug zum ewigen
Leben haben. Das Buch Bunyans, der von 1628 bis 1688 lebte,
ist in 200 Sprachen übersetzt und wird bis heute durchgehend
aufgelegt.«[11]

Bezeichnend für die inhaltliche Brisanz des Buches *Die Hütte* ist
die Tatsache, dass ausgerechnet der esoterische Verlag *Allegria*
– seit März 2005 jüngstes Kind der *Ullstein*-Verlagsfamilie – den
Zuschlag erhalten hatte, das Buch in Deutschland zu verlegen.
Ziel von *Allegria* ist nach eigenen Worten: »In den ersten beiden Programmen versammelte der Verlag bekannte Autoren mit
einem spirituellen Hintergrund wie Louis L. Hay, Doreen Virtue
und James Redfield neben wichtigen Büchern von Ervin Laszlo
und Pierro Ferrucci, die uns auf dem Weg zu einem neuen fried-
licheren Weltbild helfen wollen. Hinter der Gründung steht der
Gedanke, solchen Büchern in gediegener Ausstattung ein Forum
im Hardcover zu geben, wie sie sich auch im umfangreichen
Taschenbuchprogramm der Reihe *Ullstein Esoterik* finden ...«[12]

Im Verlag *Allegria* sind ausschließlich Bücher erschienen, die im
weiteren Sinne dem New-Age-Gedankengut zuzuordnen sind:
Positives Denken (Haye), Chakra-Clearing, Hinduismus und Pantheismus (Laszlo), Channeling, Heilorakel von Feen, Bewusst-
seinserweiterung, Engel-Therapie, Engelorakel (Virtue), spirituelle Evolution (Redfield), Selbstverwirklichung durch Psycho-
synthese (Ferrucci) usw. Das Verlagsprogramm von *Allegria* wird

---

11  Ebd.
12  URL: http://www.ullsteinbuchverlage.de/allegria/verlag.php.

nun durch das Buch *Die Hütte* erweitert. Dass gerade dieser Verlag das Buch in sein Sortiment aufnimmt, ist als Indiz zu werten, dass das Buch als eine willkommene Ergänzung der bisherigen Veröffentlichungen gelten kann. Mit anderen Worten: Das Buch passt offenkundig gut in ein esoterisches oder New-Age-Buchsortiment.

## Die Story

Die Kindheitserlebnisse des Missionarskindes William unter einem Stamm Eingeborener auf Papua-Neuguinea, der Tod seines älteren Bruders, der sexuelle Missbrauch an einem christlichen Internat, seine Erinnerungen an einen Vater, der zu Wutausbrüchen neigte, sein instabiles Leben und eigenes Versagen prägten das Leben des Bestsellerautors. »Der Hintergrund meines Lebens ist sehr religiös, aber es gibt viel Zerstörung in meiner Lebensgeschichte«, so William P. Young.[13] »Die Hütte … ist ein Bild für einen Ort hinter einer religiösen Fassade, ›wo du alle deine Geheimnisse verbirgst – ein Haus der Schande‹.«[14] Ursprünglich schrieb William P. Young fiktive Gespräche mit Gott nieder, um die Erlebnisse und Erfahrungen seines Lebens zu verarbeiten und um seinen Kindern und engen Freunden seine Gottesbeziehung zu erörtern und sie an seiner inneren Heilung teilhaben zu lassen.

Aus diesem Manuskript ging schließlich der Welterfolg *Die Hütte* hervor. William P. Young erzählt in seinem Buch die Geschichte der Hauptperson namens Mack (Mackenzie), dessen jüngste Tochter Missy im Alter von sechs Jahren nach einem Campingausflug entführt und vermutlich umgebracht worden war. Letzte Hinweise von seiner Tochter fand man in einer Hütte tief in der Wildnis Oregons. Mack, der aufgrund des Verlustes sei-

---

13 Jordan E. Rosenfeld, *William P. Young's Cinderella Story*. 13.1.2009.
   URL: http://www.everything.com/WD-william-p-young/.
14 Ebd.

ner Tochter depressiv wurde und gegen Gott einen Groll nährte, empfing nach dreieinhalb Jahren eine mysteriöse Einladung in jene Hütte, in der die Polizei die letzten Spuren seiner Tochter gefunden hatte. Mack folgte der Einladung und verbrachte dort ein lebensveränderndes Wochenende mit Gott.

In der Kurzbeschreibung von *Amazon* zum Inhalt des Buches über das fiktive persönliche Treffen von Mack mit Gott, Jesus und dem Heiligen Geist heißt es: »In furiosen Dialogen mit Gott über das Böse und den Schmerz der Welt kommt Mack zu einem neuen Verständnis von Schöpfung und Christentum ... Mack hatte Gottes Rolle in seinem Leben nicht nur unterschätzt, sondern falsch eingeschätzt. Der Verlust seiner Tochter ist eminent, aber das Leben geht nicht nur weiter, sondern es wird durch die Begegnung mit Gott um eine große Erfahrung bereichert. Mack beschreitet einen neuen Weg und hört auf, Gott immer nur zu beurteilen und ihn nur bei Tragödien in seinem Leben nach Gottes Rolle zu fragen. Es ist diese Botschaft, die Mack von Gott mitnimmt: Dass ich in der Lage bin, sogar aus entsetzlichen Tragödien noch unglaublich viel Gutes entstehen zu lassen ... Für die Gnade ist es nicht erforderlich, dass Leid existiert, aber dort, wo Leiden ist, wirst du immer auch die Gnade finden, in vielen Facetten und Farben.«[15]

Wer ausschließlich diese Kurzbeschreibung liest, kann sich nicht im Mindesten vorstellen, warum das Buch so kontrovers diskutiert wird. Das Buch be-*geistert* die einen, und es provoziert den Widerspruch der anderen. Die Begeisterten loben das Buch in höchsten Tönen, die Kritiker gehen so weit, Blasphemie in diesem Buch erkennen zu wollen. Das jedenfalls ist die große Weite an Reaktionen, die dieses Buch hervorgerufen hat. Wendet man sich allerdings den handelnden Personen der Gottheit

---

15  URL: http://www.amazon.de/Die-H%C3%BCtte-Ein-Wochenende-Gott/
     dp/379342166X/ref=sr_1_1?ie=UTF8&s=books&qid=1266672665&sr=8-1.

etwas genauer zu und betrachtet man die Art und Weise, wie diese dargestellt werden – wie sie handeln und was sie zu sagen haben –, kann man nicht umhin, sich eingehender mit dem Buch zu beschäftigen, um sich ein möglichst klares Bild zu verschaffen.

Die Trinität Gottes – die *drei* Personen der *einen* Gottheit – werden von William P. Young in einer überraschenden Weise dargestellt. Obgleich Young Gott, den Vater, »Papa« nennt, stellt er ihn/sie als eine »große, dicke Afroamerikanerin« dar – an anderer Stelle auch »Elousia« genannt (S. 94,98). »Sarayu«, eine »kleine, eindeutig asiatische Frau« (S. 95,99) tritt als der »Heilige Geist« in Erscheinung. Und »Jesus« wird als ein »Handwerker« in der Gestalt eines Mannes aus dem Nahen Osten dargestellt, der Mack angrinst und über »Papa« sagt, dass er/sie »Überraschungen liebt« und es versteht, andere »aus dem Konzept zu bringen« (S. 101). Der Großteil des Buches schildert die Begegnungen und Gespräche von Mack mit den Personen der Young'schen »Trinität«: mit dem weiblichen Gott-Vater »Papa« – auch »Elousia« genannt –, mit dem weiblichen »Heiligen Geist« »Sarayu« und mit der einzig männlichen Person, »Jesus«.

Darüber hinaus wird ein ganzes Kapitel des Buches der mysteriösen Begegnung Macks mit einer weiteren Person, einer Frau namens Sophia, gewidmet, die als allwissende Richterin auftritt (S. 175). Als »Teil des Geheimnisses von Sarayu« (S. 196) erscheint sie fast als vierte Person der Trinität.

Wie bereits erwähnt, spaltet dieses Buch die Christen wie kaum ein anderes. Wolfgang Bühne schrieb in seiner Rezension über das Buch: »Spätestens ab dem 15. Kapitel müsste jedem Bibelleser deutlich werden, dass man ein esoterisches Minenfeld betreten hat, wo sich Mack mit seinem verstorbenen Vater – zu Lebzeiten ein nach außen religiöser, aber ansonsten bösartiger Säufer, der zu Hause seine Frau verprügelt und Gott anschließend um Vergebung bittet (vgl. S. 10) – versöhnt und anschließend die ermordete kleine Missy nachträglich beerdigt wird und ›Sarayu‹ am Grab das Lied singt, das Missy selbst für ihre Beerdigung geschrieben hat.«[16]

William P. Young hingegen beurteilt sein Buch mit folgenden Worten: »Ich denke, die Menschen haben genug von der Religion und wie diese die Menschen trennt und ihnen schadet. Sie können Religion bezeichnen, wie Sie wollen, Islam oder Christentum, aber wenn Sie ein religiöses System haben, in dem Gott ständig distanziert und zornig ist, und wenn Sie versuchen, Gott durch angemessene Disziplin zu gefallen, wird das nicht bei allen Leuten glattgehen. Die Menschen haben ein wirkliches Bedürfnis, authentisch zu sein und sich nicht länger zu verstecken.«[17]

Die folgenden Kapitel wollen dem Gottesbild und der damit verbundenen Spiritualität des umstrittenen Bestsellers auf den Grund gehen. Dass man geistliche Wahrheiten der Bibel auch in Romanform vermitteln kann, steht hier nicht zur Diskussion. Wer sich davon überzeugen will, dass dies gelingen kann, ohne dass man die Wahrheiten der Bibel verzerrt oder verwässert, dem sei das eingangs erwähnte Buch von John Bunyan, *Die Pilgerreise*, wärmstens empfohlen – vielleicht als segensreiche Kontrastliteratur zu dem Buch *Die Hütte*. Wer John Bunyan liest, wird den biblischen Geist spüren, in dem der Puritaner des 17. Jahrhunderts sein Buch verfasste; wer *Die Hütte* liest, wird – sofern noch geistliches Unterscheidungsvermögen vorhanden ist – an mehr als einer Stelle innehalten und sich fragen müssen, ob das Buch *Die Hütte* noch *biblisches Gedankengut* oder schon *New-Age-Gedankengut* enthält.

16 Wolfgang Bühne, *Die Hütte – Das beste Buch seit der Bibel? Eine kritische Rezension.* URL: http://www.clv-server.de/pdf/fut/309/fut%20309%20Young.pdf.
17 Jordan E. Rosenfeld, *William P. Young's Cinderella Story.* 13.1.2009. URL: http://www.everything.com/WD-william-p-young/.

# Kapitel 2
## *Nur* eine Erzählung?

*Was habe ich zu Büchern zu sagen, die Sie lesen? Was Sie lesen, wird Sie prägen, indem Ihr Denken sich langsam verändert. Stück für Stück werden Sie die Denkweise des Autors eines Buches, das Sie lesen, übernehmen, auch wenn Sie überzeugt sind, dass Sie sich dem widersetzen. Sie werden das betonen, was der Autor betont. Sie werden Ihre Werte an seinen Werten orientieren. Sie werden das mögen, was er mag, und Sie werden so denken, wie er denkt.*[18]     A. W. Tozer*

Als »Storytelling« – das Erzählen von Geschichten – bezeichnet man eine Erzählmethode, mit der man Wissen in Form einer Geschichte an seine Zuhörer weitergibt. Je besser es gelingt, den Zuhörer in die Geschichte einzubinden und ihn innerlich an der zu vermittelnden Information teilhaben zu lassen, umso eher übernimmt der Zuhörer die Inhalte einer Botschaft. Storytelling erlebt seit mehr als einem Jahrzehnt einen Aufschwung und wird nicht nur im Bildungswesen eingesetzt, sondern auch in der Psychologie (narrative Psychologie), in der Kunst, im Wissensmanagement und in Unternehmen. Wem es gelingt, eine gute *Story* zu bringen, zieht nicht nur die Aufmerksamkeit auf sich, sondern verhindert auch, dass die Gedanken seiner Zuhörer abschweifen.

Längst ist dieser Trend auch in der christlichen Gemeinde angekommen. Und da es schließlich im Alten wie im Neuen Testament gleichfalls Geschichtsbücher gibt, also Bücher, die Geschichten über Personen und Ereignisse beinhalten, hat

---

18 A. W. Tozer, *Tragedy in the Church – The Missing Gifts*, Christian Publications, Camp Hill, Pennsylvania, USA, 1990, S. 134-135.

man sich vielerorts von trockener Dogmatik und rechtgläubiger Lehre verabschiedet und sich der erzählenden Theologie (narrative Theologie) zugewandt. Auslegungspredigt, die Zeile für Zeile biblische Texte auslegt, und systematische Lehre sind »out«; »in« sind persönliche Erlebnisse, fiktive Geschichten oder auch Gleichnisse und Bilder, die eine Botschaft enthalten.

Der US-amerikanische Evangelikale Brian McLaren schrieb sogar ein Buch mit dem Titel *The Story we find ourselves in: Further Adventures of a New Kind of Christians* (Die Geschichte, in der wir uns befinden: Weitere Abenteuer einer neuen Art von Christen). McLaren erzählt die Geschichte von zwei Männern, die sich über Glauben, Religion und Gott unterhalten. Lehrmäßige Unterschiede werden bewusst vermieden; Gott wird als ein Gott der Liebe dargestellt – kein falsches, aber dennoch ein einseitiges Gottesbild. Das Buch will einen lebendigen und frohen Glauben jenseits aller theologischen Traditionen vermitteln – »ein tieferes Leben mit Gott«, wie es in einer Empfehlung für das Buch heißt.

Brian McLarens Buch und seine postmoderne Theologie sind nicht Gegenstand dieses Kapitels. Der sehr populäre und erfolgreiche McLaren ist zu Recht dafür kritisiert worden, sowohl in seinen Büchern als auch in öffentlichen Interviews grundlegende Lehren der Bibel zu verneinen. Es wurde bereits am Beispiel des Buches *Die Pilgerreise* auf den Umstand verwiesen, dass erzählende Theologie durchaus ihre Berechtigung hat, sofern sie in der Wahrheit der Bibel verortet ist. Wenn sich aus einer Erzählung allerdings eine theologische Lehre ableiten lässt, die der Lehre der Heiligen Schrift widerspricht, dann hat Storytelling im Sinne von erzählender Theologie ihre biblische Legitimation verloren und ist zu etwas geworden, wovor die Bibel warnt – vor Fabeln und Mythen, die es zu meiden und abzuweisen gilt.

Ob die so populären Inhalte von William P. Youngs Buch einer an den Wahrheiten der Bibel orientierten kritischen Prüfung standhalten können, und ob von einem Buch, das *nur* eine Erzählung sein will, Gefahren für den Glauben ausgehen können, soll uns in diesem Kapitel beschäftigen. Kann man also an ein Buch, das *nur* Erzählung sein will, letztlich überhaupt lehrmäßige Maßstäbe anlegen?

Das Buch *Die Hütte* wird von vielen gerne auf die gleiche Ebene mit John Bunyans Buch *Die Pilgerreise* erhoben. Bunyans Buch ist die Geschichte der Pilgerreise von *Christ* von der Stadt *Zerstörung* in die himmlische Stadt Jerusalem. Es ist die Geschichte der Verlorenheit und Schuld des Menschen, der Vergebung Gottes, der Kämpfe des Glaubens mit Mächten, die von innen und außen auf den Nachfolger Christi eindringen, von Menschen des Glaubens und Unglaubens, denen jeder Jünger Jesu begegnet, und letztlich von Gottes Gnade und Treue.

Spurgeon las die Werke Bunyans gerne und zitierte ihn immer wieder in seinen Predigten. Nach eigenen Angaben hat Spurgeon das Buch *Die Pilgerreise* sogar über 100 Mal gelesen! In einer Predigt über die Gefahren der Emotionalität nimmt er Bezug auf eines der Bücher Bunyans und erläutert: »Meine lieben christlichen Freunde, hütet euch davor, euch von Gefühlen leiten zu lassen. John Bunyan zeigt *Herr Gefühl* als einen der schlimmsten Feinde der Stadt *Menschen-Seele* auf. Ich glaube, er sagte, dass man ihn hängte. Ich fürchte, dass er es irgendwie schaffte, vor der Hinrichtung zu fliehen, denn ich treffe sehr oft auf ihn; und es gibt keinen Schurken, der die Seelen von Menschen mehr hasst oder dem Gottesvolk mehr Kummer bereitet als dieser *Herr Gefühl*.«[19]

---

19 C. H. Spurgeon, *Encouragement for the Depressed*, Predigt im Metropolitan Tabernacle, 27. August 1871.
URL: http://www.whatsaiththescripture.com/Fellowship/Spurgeon/
Sermons.of.C.H.Spurgeon.5.html.
*Herr Gefühl* und die Stadt Menschen-Seele werden in dem Buch *Der Heilige Krieg* von John Bunyan (St. Johannis, Lahr) erwähnt.

*Die Pilgerreise* John Bunyans ist auch *nur* eine Geschichte wie William Youngs Buch *Die Hütte*, und dennoch sind die Unterschiede zwischen den beiden Büchern erheblich. Bis heute hat Bunyans Buch die Evangelikalen nicht derart gespalten, wie Youngs Buch es tut. Bis heute gibt es unter Evangelikalen keine negative Buchrezensionen zur *Pilgerreise*. Ganz im Gegenteil: Bunyans Buch gilt bis in unsere Zeit als Meilenstein der Erbauungsliteratur. Youngs Buch hingegen hat negative Reaktionen in vielen evangelikalen Lagern hervorgerufen.

Letztlich, während die *Pilgerreise* an keiner Stelle der Erzählung eine Abweichung von den fundamentalen Lehren der Schrift erkennen lässt, glauben manche kritische Rezensenten sogar 13 Irrlehren in dem Buch *Die Hütte* zu entdecken.[20] Ob es gar so viele sind, wie mancher auszumachen meint, sei dahingestellt. Dass sich aber so prominente Evangelikale wie der US-amerikanische baptistische Theologe Albert Mohler kritisch zu Wort gemeldet haben, sollte von einem mündigen Christen eigentlich als ein Weck- und Aufruf gewertet werden, sich der Kritik an

---

20 Dr. Michael Youssef, *Thirteen Heresies in* The Shack (Dreizehn Irrlehren in *Die Hütte*):
   1. Gott, der Vater, wurde mit Jesus gekreuzigt.
   2. Gott wird durch seine Liebe begrenzt und kann keine Gerechtigkeit üben.
   3. Am Kreuz wurde allen Menschen vergeben, ob sie nun Buße tun oder nicht. Einige Menschen haben sich für eine Beziehung mit Gott entschieden; den anderen vergibt Gott auch so.
   4. Hierarchische Strukturen in Kirchen und Regierungen sind böse.
   5. Gott wird die Sünden der Menschen niemals bestrafen.
   6. In der Gottheit gibt es keine hierarchische Struktur, sondern lediglich einen Kreislauf der Einheit.
   7. Gott unterwirft sich menschlichen Wünschen und Entscheidungen.
   8. Gerechtigkeit wird nicht erfüllt aufgrund von Liebe.
   9. Ein ewiges Gericht oder eine ewige Hölle gibt es nicht.
   10. Jesus begleitet alle Menschen in ihrem Wandel mit Gott, und es spielt keine Rolle, auf welchem Weg man zu Gott gelangt.
   11. Jesus wird ständig mit uns transformiert.
   12. Es gibt keine Notwendigkeit für Glaube und Versöhnung mit Gott, da jeder in den Himmel kommt.
   13. Die Bibel ist nicht wahr, da sie Gott auf Papier reduziert.
   URL: http://www.leadingtheway.org/site/PageServer?pagename=sto_TheShack_13heresies.

diesem Buch zu stellen und William P. Youngs Buch den Lehren der Bibel unvoreingenommen gegenüberzustellen – »Prüfet alles, das Gute behaltet.«

Doch es scheint, als läge genau hier das Problem. Das Prüfen anhand der Schrift ist unter vielen evangelikalen Christen kein Kriterium mehr, das sie bereit sind, an neue Geistesströmungen anzulegen. Vielmehr zählt: Was der Seele wohltut, muss auch richtig sein. *Herr Gefühl* geht unter den Christen um, und viele merken noch nicht einmal, dass er der größte Feind ihrer Seelen ist. »… die erlebniszentrierte Nachfrage nach Religion in den 90er-Jahren hat sich zunehmend mit individuellen ästhetischen und therapeutischen Interessen verbunden: ›Gut ist, was mir guttut!‹ … Eine derart innenorientierte Spiritualität hält alles Objektive und Institutionelle, Riten, Symbole und Texte nur insoweit für belangvoll, wie sie bestimmte Wirkungen *im* religiösen Subjekt hervorrufen: Gefühle, Stimmungen, Ekstasen, Betroffenheit, Ergriffenheit, Trance«,[21] so der Autor Hans-Joachim Höhn.

So ist es auch nicht verwunderlich, dass man auf Aussagen in dem Buch *Die Hütte* trifft, die diesen spirituellen Zeitgeist widerspiegeln. Als Mack die Gegenwart der Liebe der Trinität spürt, heißt es in dem Buch: »Zwar verstand er nicht genau, was er fühlte – aber es fühlte sich gut an!« (S. 122). An anderer Stelle des Buches erläutert »Sarayu«: »Je mehr du in der Wahrheit lebst, desto mehr werden deine Emotionen dir helfen, klar zu sehen« (S. 227). Und in einem Dialog macht »Papa« (Gott) Mack deutlich, dass »es oft gut ist, die Verstandesprobleme aus dem Weg zu räumen. Dann lassen sich die Herzensangelegenheiten später leichter angehen …« (S. 105).

---

21 Hans-Joachim Höhn: *Erlebnisgesellschaft! – Erlebnisreligion? Die Sehnsucht nach dem frommen Kick*, Aus: Klaus Hofmeister und Lothar Bauerochse (Hrsg.): *Die Zukunft der Religion. Spurensicherung an der Schwelle zum 21. Jahrhundert*, Echter, Würzburg, 1999, S. 20-21.

Seit den 1960er-Jahren ist ein ungebrochener Boom von Erlebnisreligiosität in der westlichen Welt zu verzeichnen. Lebenshilfeangebote boomen nicht nur unter Anhängern der Esoterik, sondern auch in christlichen Kreisen. Die kontemplative Spiritualität und katholische Mystik erleben seit mehr als einem Jahrzehnt einen kräftigen Aufschwung bis in evangelikale Kreise hinein. Die Vielfalt der Angebote diesbezüglich auf dem christlichen Buchmarkt macht es immer schwieriger, einen Überblick zu behalten.

Parallel zu dem Trend nach Erfahrungen und Erleben beobachtete der Theologe David Wells eine Entwicklung unter Evangelikalen und Protestanten, die er als das »Verschwinden der Theologie« bezeichnete. Und auch Hans-Joachim Höhn schreibt über die Sehnsucht nach dem frommen Kick, die seiner Ansicht nach die Autorität der Schrift beschädigt: »An die Stelle der Autorität überlieferter heiliger Schriften tritt auch bei seinen [des Christentums] Anhängern zunehmend eine Glaubensgewissheit, die sich im eigenen Erleben finden lässt … Die Suche gilt neuen Möglichkeiten des Direktkontakts, von denen nur bekannt ist, dass sie Wege der Erfahrung und des Erlebens sein sollen.«[22]

Höhn rät den christlichen Kirchen, sich auf diesen religiösen Trend einzustellen und eine Alternative zu Dogma und Moral anzubieten. Mit anderen Worten: Sie sollen den Menschen geben, wonach sie sich sehnen, um von den Menschen wieder gehört zu werden: »Allerdings dürfte jede Form der Glaubensverkündigung der Vergangenheit angehören, die ein Wissen von Gott nur behauptet. Sie muss ihren Adressaten auch Wege zeigen können, wie das Behauptete auch erfahren werden kann. Vor diesem Hintergrund kommen die christlichen Kirchen nicht daran vorbei, sich auf das neue ›Erlebnisformat‹ der religiösen Sinnsuche einzustellen …«[23]

---

22  Ebd., S. 19-20.
23  Ebd., S. 21.

Diesem unbiblischen Rat, sich auf das »neue Erlebnisformat der religiösen Sinnsuche« einzustellen und die Verkündigung des Glaubens hinter sich zu lassen, die »ein Wissen von Gott nur behauptet«, scheinen indes derzeit auch viele Evangelikale zu folgen. Der Autor des Buches *Die Hütte* liegt also voll im Trend des religiösen Zeitgeistes, indem er Gotteserkenntnis mithilfe des Verstandes hinter sich lässt, um die religiösen Bedürfnisse des postmodernen Menschen nach Gotteserfahrungen zu stillen. Nichts eignet sich besser hierfür als eine emotionale Geschichte, die die Gefühlswelt der Leser anspricht. Und statt dass sich die Evangelikalen als Wächter der biblischen Wahrheiten erweisen, springen viele von ihnen auf den Zug des neuen »Erlebnisformats« auf, ohne zu hinterfragen, wohin die spirituelle Reise geht.

Auch wer *nur* eine Geschichte erzählt, um Gottes Wahrheiten an den Leser zu bringen, muss sich im Klaren sein, dass eine Story auch immer Lehre enthält. *Erzählende* Theologie bleibt Theologie – Theologie bedeutet: die Lehre über Gott – und muss sich immer an *biblischer* Theologie messen lassen. Wer sich auf die Position zurückzieht, dass an eine Erzählung keinerlei Maßstäbe angelegt werden dürfen, der irrt gewaltig.

Jesus sprach gerne in Gleichnissen zu seinen Zuhörern. Seine Gleichnisse hatten jedoch stets das Ziel, eine geistliche Wahrheit zu verdeutlichen. Jesus lehrte beispielsweise viel über das Reich Gottes. Um seinen Zuhörern die biblische Lehre vom Reich Gottes vor Augen zu malen, bediente er sich oft der Gleichnisse. Oftmals leitete er ein Gleichnis über das Reich Gottes mit den Worten ein: »Das Reich der Himmel gleicht …« (Mt 13). Gleichnisse waren für Jesus ein Stilmittel, um Wahrheiten über das Reich Gottes zu verdeutlichen, und nicht, um sie zu verschleiern. Mit anderen Worten: Die Gleichnisse oder auch Kurzgeschichten, die Jesus erzählte, bestätigten biblische Wahrheiten oder halfen den Menschen, diese Wahrheiten noch besser zu verstehen.

Das Gegenteil muss man aber leider bei William P. Youngs Buch diagnostizieren. Gerade die Tatsache, dass sich so viele kritische Stimmen seit der Veröffentlichung des Buches zu Wort gemeldet haben, ist doch Beweis genug, dass bei vielen Lesern dieses Buches statt Klarheit eher der Eindruck von Unschärfe und von einem verzerrten Gottesbild zurückbleibt. David Wells erkannte schon Jahre vor der Veröffentlichung von William P. Youngs Buch, wie sehr ein falsches Gottesbild im Evangelikalismus bereits Verbreitung gefunden hat, wonach »Gott vor allem Liebe ist, und er ist nur noch am Rande und im entfernten Sinne heilig … Nein, die Heiligkeit Gottes ist nicht peripher. Sie ist zentral, und ohne diese Heiligkeit verliert unser Glaube vollständig seine Bedeutung … Ohne eine verbindliche Sicht von Gottes Heiligkeit verliert die Anbetung unweigerlich ihre Ehrfurcht, die Wahrheit des Wortes Gottes verliert an Aufmerksamkeit, der Gehorsam verliert seine Tugend und die Gemeinde verliert ihre moralische Autorität.«[24]

Wer das Buch *Die Hütte* liest, wird sich des Eindrucks nicht erwehren können, dass Gott fast ausschließlich Liebe ist. Gottes Heiligkeit, Gerechtigkeit, Allmacht, Würde und Majestät werden in dieser Geschichte im Grunde überhaupt nicht thematisiert. Übertreibung und Überspitzung des Guten – die Liebe Gottes – führt indes in eine Einseitigkeit, die dem biblischen Gottesbild nicht gerecht wird. Ein liebender und ausschließlich barmherziger *Wohlfühl*-Gott, der es allen recht machen will und dessen oberstes Ziel Harmonie ist, gibt die Bibel jedenfalls nicht her.

Dass William P. Young seine eigenen, teilweise sehr traumatischen Erfahrungen in seinem Buch in Form einer Geschichte verarbeitet, räumt er selbst ein. Offensichtlich ist Young auf diese Weise ein Opfer der »Kultur des Therapierens« – wie David Wells es ausdrückt. In einer so stark von Psychologie dominierten Kultur werden Beziehungsfragen oft höher bewertet als Moral oder

---

24 Dr. David Wells, *Der Aderlass der evangelikalen Gemeinde*. In: *Gemeindegründung* Nr. 85, 1/2006, S. 29.

Wahrheit, und die Folge davon ist, dass Gottes Heiligkeit in den Hintergrund und Gottes Liebe in den Vordergrund rückt. Dann, so David Wells, »gedeiht die Schwärmerei ... Selbsthingabe wird entwertet und Selbstverwirklichung wird hochgehalten ... Der Gott, dessen Zorn durch Liebe ersetzt worden ist, bringt eine Christenheit hervor, die wegen ihrer Höflichkeit anziehend ist, jedoch ist es eine Christenheit, die kein ernstes Wort für eine vom Bösen gequälte Welt hat ... Ohne die Heiligkeit Gottes ist Sünde nur Versagen – aber kein Versagen vor Gott! Es ist Versagen ohne das Verständnis von Schuld, ohne Vergeltung, ja, ohne jede ernsthafte moralische Bedeutung überhaupt. Und ohne diese Heiligkeit Gottes ist die Gnade nicht länger Gnade.«[25]

Es wird deutlich, dass Storys, Gleichnisse, Metaphern, Bilder und Geschichten eben doch sehr viel mehr vermitteln als *nur* eine Erzählung. Es werden Haltungen, Inhalte und Vorstellungen kommuniziert, die das Denken und Verständnis des Lesers prägen. Das Buch *Die Hütte* hat eine Botschaft! Wenngleich manches in William P. Youngs Buch durchaus in die richtige und biblische Richtung weist, besteht dennoch die Gefahr, dass der Gläubige, der ohne Urteilsvermögen ist und unreflektiert die ganze Botschaft des Buches verinnerlicht, einen Weg einschlägt, der ihn Gott nicht näher bringt, sondern ihn von Gott wegführt. Statt von der Wahrheit der Bibel in die Freiheit und Heilung der Seele und des Geistes *ge*führt zu werden, wird der Leser *ver*führt in eine Form von Christentum, das in Teilen vom biblischen Evangelium abweicht oder ganz im Widerspruch zu Gottes Wort steht.

Wer erzählerisch die tiefen Wahrheiten Gottes weitergeben will, sollte sich vielleicht auch ein Beispiel an Jesus selbst nehmen. Seine Gleichnisse sind kurz und prägnant, seine Geschichten sprechen eine klare Sprache. Und Jesus kann seine Zuhörer auch mit wenigen Worten mit einer klaren Botschaft erreichen, ohne dass langatmige Dialoge in seinen Geschichten vorkommen.

---

25 Ebd.

Letztlich gründet sich der christliche Glaube auf die christliche Lehre. Rechte Lehre und gesunder Glaube sind wie zwei Seiten einer Münze, sie sind untrennbar miteinander verbunden. Hierbei spielt es keine Rolle, ob die biblische Unterweisung systematisch oder lehrmäßig aus der Bibel abgeleitet wird oder ob sie erzählend oder narrativ in Form einer Geschichte weitergegeben wird.

A. W. Tozer erkannte dies, als er schrieb: »Christus hat zu Petrus nicht gesagt: ›Durchleuchte meine Eier!‹ [so, wie ein Bauer es tut, bevor er die Eier verkauft], sondern: ›Weide meine Schafe!‹ Das Füttern der Schafe kann man nicht ein für alle Mal erledigen; es ist ein liebender Akt, der in regelmäßigem Abstand so lange zu wiederholen ist, wie die Schafe leben. Petrus hat gut verstanden, was sein Herr meinte; denn Jahre später ermahnt er die Ältesten der Kirche: ›Hütet die Herde Gottes, die bei euch ist!‹ … **Bildliche Sprache sollte die Wahrheit verdeutlichen, nicht neu schaffen.** Christen sind lebendige Geschöpfe, die von Nahrung abhängen, und so muss man ihnen oft und ausreichend Speise geben, wenn sie gesund bleiben sollen. Unser Herr wählte das Bild von den Schafen, weil es mit den Tatsachen übereinstimmt. Das Bild mit den Eiern tut das nicht. Hüten wir uns vor Leuten, die sprachliche Bilder zur Grundlage einer Lehre machen. Auch die Bibel sollten wir zu etwas Besserem verwenden, als aus ihr Sprachfiguren so lange zu verdrehen, bis sie unser Vorurteil bestätigen!«[26]

Man kann nur hoffen, dass das Buch *Die Hütte* nicht ebenso erfolgreich werden wird wie John Bunyans *Pilgerreise*. Leider gibt es schon jetzt im englischsprachigen Raum von begeisterten Anhängern des Bestsellers vielerorts ein regelmäßiges »Bibel«-Studium mit dem Buch *Die Hütte* – eigentlich müsste es »*Die Hütte*«-Studium heißen –, um Gemeindegliedern den »christ-

---

26  A. W. Tozer, *Verändert in sein Bild*, CLV, Bielefeld, 2000, S. 330.

lichen« Glauben nahezubringen. Dies wird zur Folge haben, dass sich ein unbiblisches Gottesbild unter Christen weiter ausbreiten wird; und damit wird verhindert, dass die Hinwendung zu dem biblischen Bild eines liebenden *und* heiligen, eines barmherzigen *und* gerechten Gottes, wie David Wells es einfordert, unterbunden wird.

Auch auf Deutschland ist der *Hütten*-Funke bereits übergesprungen. Kerstin Hack, Autorin und Verlegerin (Verlag *Down to Earth*) führte Anfang 2010 die »Hütte-Impulstour« durch und las aus dem Bestseller sowie ihrem eigenen Buch *Die Hütte und ich*, um ihren Zuhörern ein Event voll »Wärme und Inspiration« zu bieten. Ferner bietet sie zum Thema *Die Hütte* Erlebnis- und Begegnungswochenenden an.[27]

In John Bunyans Buch *Der Heilige Krieg* – ebenfalls nur eine fiktive Geschichte über den Verlust der Stadt *Menschen-Seele* und ihre Wiedergewinnung, *allerdings* auf dem soliden Grund der Bibel – ermahnt John Bunyan den Leser, sich allein auf Gottes Wort zu verlassen und sein Leben niemals auf die frommen Vorstellungen von sich selbst oder anderer Personen zu gründen:

»Auch musst du dich allein auf mein Wort gründen und nicht auf deine Gedanken, Empfindungen und Vorsätze; denn die sind alle wie ein zerbrechlicher Rohrstab, und wer sich auf sein Herz verlässt, der ist ein Narr. Aber mein Wort ist der rechte Stab, Fels und ein zweischneidiges Schwert, wodurch du einen Sieg nach dem andern davontragen wirst. So sei denn getrost, meine Menschen-Seele. Mein Herz bleibt bei dir. Wenn auch Berge und Hügel hinfielen, meine Gnade soll nicht von dir weichen und der Bund meines Friedens nicht hinfallen.«[28]

---

27  URL: http://www.kerstinhack.de/category/seminare/.
    URL: http://www.news-eintrag.de/news/11562.html.
28  John Bunyan, *Der Heilige Krieg*, St. Johannis, Lahr, 1981/1990, S. 317.

# Kapitel 3
# Die »Young'sche« Trinität

*Viele unserer Schwierigkeiten als Christen sind darauf zurück-
zuführen, dass wir nicht bereit sind, Gott so zu akzeptieren, wie
er ist, und unser Leben darauf abzustimmen. Wir versuchen
immer wieder, ihn zu verändern und ihn uns selbst ähnlicher
zu machen. Unser Fleisch lehnt sich auf gegen die Strenge und
Unerbittlichkeit des Urteilsspruches Gottes und fleht um ein
wenig Gnade, um Nachsicht mit den eigenen Wünschen und
Begierden. Doch all dies führt zu nichts. Wir können erst einen
Neuanfang mit Gott machen, wenn wir ihn so annehmen, wie er
ist, und wenn wir lernen, ihn für das zu lieben, was er ist.*[29]

*A. W. Tozer*

Einer der zentralen Kritikpunkte an William P. Youngs Buch
*Die Hütte* ist seine Darstellung der Trinität (Dreifaltigkeit) Gottes. In einem Interview mit dem christlichen Medienmagazin *pro*
äußert sich William P. Young zu dieser Kritik und erläutert, dass
Gott weder Mann noch Frau ist und auch die Bibel Gott männliche wie weibliche Eigenschaften zuschreibt. Ferner begründet
er seine Darstellung Gottes, des Vaters, als Frau mit der gestör-
ten Vaterbeziehung aus Macks Kindheit und erläutert: »Doch es
ist meine Überzeugung, dass Gott, der die Liebe ist, Wege findet, um zu uns zu gelangen, um uns in unserem Schmerz und
Leid zu begegnen. Also tritt Gott in meinem Roman zunächst
als afro-amerikanische Frau auf, die Mackenzie umsorgt wie
eine Mutter, für ihn kocht und Kuchen backt. Natürlich ist
diese Vorstellung auch für Mackenzie völlig außerhalb seiner
Vorstellungskraft. Doch die liebevolle Beziehung, die Gott in
Form dieser Frau zu ihm aufbaut, wird die Grundlage für seine

---

29 A. W. Tozer, *Gottes Nähe suchen*, Hänssler, Holzgerlingen, 2006, S. 101.

Heilung ... Mir geht es bei der Schilderung darum zu zeigen: Gott begegnet uns in seiner grenzenlosen Liebe so, wie es für uns richtig ist. Es geht also um die Eigenschaften Gottes, nicht darum, ihm eine äußerliche Gestalt zuzuordnen ...«[30]

Aus dieser Aussage William P. Youngs lässt sich erschließen, dass er sehr genau reflektiert, welche Vorstellungen und Werte er seinem Leser vermitteln will, und folgerichtig baut er seine Geschichte um die eigene Betrachtungsweise herum auf. Anders als John Bunyan, der seine Geschichten um die Wahrheiten Gottes herum entwickelt, entsteht also bei William P. Young der Eindruck, als ob er seine Story um seine eigene Gottes-vorstellung herum konstruiert. Weil Youngs Gottesbild sich von dem der Bibel unterscheidet, warnen eine ganze Reihe evangeli-kaler Theologen vor dem Buch. Eine Schwäche seines Buches ist, dass er die Eigenschaften Gottes beleuchten will und sich offen-kundig zu stark von persönlichen Erfahrungen, Gefühlen und eigenen Vorstellungen leiten lässt, anstatt sich in erster Linie von der Bibel inspirieren zu lassen.

### Die »Young'sche« Trinität: »Gott-Vater«
In der Geschichte des Buches findet die erste Begegnung Macks mit »Gott-Vater« statt, als Mack der verfallenen Hütte, in der seine geliebte Missy wahrscheinlich den Tod fand, den Rücken zukehrte und von einer plötzlichen Brise warmer Luft eingeholt wurde. Die raue, winterliche Landschaft um ihn herum verwan-delte sich in einen wunderschönen, paradiesisch anmutenden Ort, und die verfallene Hütte transformierte sich in ein schö-nes Blockhaus (S. 91-92). Mack drehte um, ging auf die Tür zu und wollte gerade mit den Fäusten gegen die Tür hämmern, als die »Tür aufflog, und er schaute in das strahlende Gesicht einer großen, dicken Afroamerikanerin«. »Gott-Vater« offenbart

---

30 Andreas Dippel im Gespräch mit William P. Young, *Ungewollt geplant*. In: Christ-liches Medienmagazin pro 2/2009, S. 7-8.

sich Mack als dicke Afroamerikanerin. Mack tut sich anfangs schwer, die dicke Afroamerikanerin mit »Papa« anzureden. Doch »Papa« erklärt Mack, dass er/sie das tut, damit Mack nicht »allzu schnell in seine gewohnte religiöse Konditionierung zurückfällt« (S. 106).

Die dicke Afroamerikanerin hat auch eine Erklärung parat, warum sie sich den Menschen vergangener Zeiten als »Gott-Vater« offenbarte: Es ist darin begründet, dass es nach dem Sündenfall »mehr an Väterlichkeit als an Mütterlichkeit« mangelte (S. 107). »Papa« verdeutlicht Mack, dass er weder männlich noch weiblich ist und dass seine sichtbare Gestalt als dicke Afroamerikanerin lediglich dazu dient, dass Mack »Gott-Vater« besser versteht. Am Ende des Buches zeigt sich »Gott-Vater« dann auch nicht mehr in der Gestalt einer Afroamerikanerin, sondern als ein Mann mit »silberweißem Haar«, das »hinten zu einem Zopf zusammengebunden war« (S. 253).

In einem Gespräch erklärt »Jesus« Mack, warum »Gott-Vater« sich »Elousia« (aus dem Hebräischen *El* = Gott und dem Griechischen *ousia* = Wesen, Sein) nennt: »Das Sein transzendiert immer die äußere Erscheinung – das, was nur scheinbar existiert … Doch wenn Du einmal beginnst, das Sein … kennenzulernen, verblasst die äußere Erscheinung … Deshalb ist Elousia ein so wundervoller Name. Gott, der Urgrund allen Seins, wohnt und wirkt in allen Dingen, durch sie und um sie herum …« (S. 127). Was die Sünde der Menschen angeht, erläutert »Papa«: »Ich brauche die Menschen nicht für ihre Sünden zu bestrafen. Die Sünde trägt ihre eigene Strafe in sich … Es ist nicht meine Absicht, jene zu bestrafen, die sündigen. Vielmehr ist es meine Freude, die Sünde zu heilen« (S. 136).

In einem Dialog zwischen Mack und »Papa« über den Kreuzestod Jesu blickt »Papa« schweigend auf seine Hände. Macks Blick fällt zum ersten Mal auf die Hände der dicken Afroamerikanerin, wo er die Narben an ihren Handgelenken entdeckt. Mit leiser Stimme sprach er/sie mit Mack und sagte: »Wir waren *zusammen* dort« (S. 109).

## Die »Young'sche« Trinität: »Gott-Sohn«

»Jesus Christus« wird von William P. Young als ein aus dem Nahen Osten stammender, etwa 35 Jahre alter Mann mit großer Nase beschrieben (S. 126), der etwas kleiner war als Mack und als Handwerker alles gut in Schuss hält, aber auch Freude am Kochen und Gärtnern hat (S. 98). Ganz menschlich wird »Jesus« porträtiert, als er eine große Schüssel mit Teig oder Soße fallen lässt; »Sarayu«, der »Heilige Geist«, kommentierte das Geschehen mit den Worten, dass »Menschen nun einmal ungeschickt seien«, worauf alle drei Personen der Trinität in »noch lauteres Gelächter ausbrachen« (S. 118-119).

Die Dialoge mit Aussagen aus dem Munde Jesu, die am meisten den Widerspruch der Kritiker hervorgerufen haben, finden sich vor allem im letzten Drittel des Buches. Als Mack sich mit »Jesus« über Freunde und Menschen der Kirche unterhält, sagt »Jesus«: »Wer redet denn von Christentum? Ich bin kein Christ« (S. 209). William P. Young legt Jesus folgende Worte in den Mund: »Jene, die mich lieben, kommen aus allen existierenden Systemen. Sie waren Buddhisten oder Mormonen, Baptisten oder Muslime, Demokraten, Republikaner. Und es sind viele darunter ..., die keiner Kirche angehören« (S. 209). »Jesus« fährt fort und sagt, dass er »nicht den Wunsch hat, Christen aus ihnen zu machen«, sondern ihnen helfen will, sich »in Söhne und Töchter seines Papas zu verwandeln« (S. 209).

Und obgleich Mack umgehend die Frage stellt, ob denn alle Wege zu »Jesus« führen, antwortet »Jesus« sehr unscharf mit den Worten: »Die meisten Wege führen nirgendwohin. Es bedeutet, dass ich dir auf jedem Weg folge, den du beschreitest, sodass wir einander jederzeit finden können« (S. 209). »Jesus«, der

»kein Christ ist« und dem scheinbar auch Personen angehören, die »keiner Kirche angehören«, identifiziert sich nicht mit dem Christentum und will aus seinen Nachfolgern »keine Christen machen«. Es hat den Anschein, als ob William P. Young auf Missstände in Kirche und Christentum hinweisen will. Obgleich er in Kapitel 11, »Die Stunde des Richters«, Gott als Liebe und Richten als lieblos darstellt, erhebt er sich in den Ausführungen, die er »Jesus« in den Mund legt, selbst zum Richter.

Kritische Untertöne hört man auch aus den Ausführungen Jesu über die Kirche heraus. »Jesus« erklärt Mack, dass die Kirche nur ein Gebilde ist, das von »Menschen geschaffen« wurde (S. 204). »Das ist nicht die Kirche, die zu bauen ich gekommen bin,« so »Jesus« (S. 204). Auf die Frage Macks, wie er denn Mitglied der »wahren« Kirche werden könne, antwortet »Jesus«: »Dabei geht es ganz um deine Beziehungen zu uns und deinen Mitmenschen, darum, einfach das Leben miteinander teilen zu wollen« (S. 204). »Einfach Leben miteinander teilen wollen« – das ist William P. Youngs verengte Vorstellung von Kirche.

Ferner erwidert »Papa« auf die Frage Macks: »Willst du damit sagen, dass ich die Gebote nicht befolgen muss?«, folgende Worte: »Ja, in Jesus unterliegst du keinem Gesetz. Alle Dinge sind erlaubt« (S. 234). Nun mischt sich »Sarayu«, der »Heilige Geist«, ein und erklärt Mack, dass das Aufstellen von Regeln in Form von Verantwortung oder Erwartung »ein vergeblicher Versuch ist, Sicherheit aus Unsicherheit zu erzeugen« (S. 235). »Jesus« hat seine Nachfolger, so William P. Young, von »allen Formen von Regeln befreit« (S. 235).

### Die »Young'sche« Trinität: »Gott-Heiliger Geist«

Der »Heilige Geist« wird in William P. Youngs Buch *Die Hütte* als eine zierliche Dame mit asiatischem Aussehen beschrieben und erhält den Namen »Sarayu« (»Wind«). »Jesus« erklärt Mack, dass »Sarayu« »Kreativität ist. Sie ist Aktivität. Sie ist der Atem des Lebens. Sie ist viel mehr. Sie ist *mein* Geist« (S. 125). Die Vorstellung, der »Heilige Geist« sei Kreativität und Aktivität, weist scheinbar eher auf eine unpersönliche Kraft hin als auf eine Person – und das trotz der Darstellung des Heiligen Geistes in Form einer Person namens »Sarayu«.

Einmal breitet »Sarayu« die Hände aus und schloss »Papa« und »Jesus« mit ein, als sie sagte: »Ich bin ein Verb. Ich bin, die ich bin. Ich werde sein, was ich sein werde. Ich bin ein Verb! Ich bin lebendig, dynamisch, ewig aktiv und immer in Bewegung. Ich bin ein Geschehen, nichts Feststehendes« (S. 236). Die göttliche Trinität wird als dynamische Kraft oder Gegenwart dargelegt, die in der ganzen Schöpfung tätig ist.

»Sarayu« in ihrer »fließenden, flimmernden Art« klärt Mack über das geistliche Leben auf: »Bei Beziehungen geht es niemals um Macht, und ein Weg, den Machtwillen zu vermeiden, ist es, sich selbst Grenzen aufzuerlegen – zu dienen« (S. 121). Der schöne Garten vor der Hütte ist für »Sarayu« ein Bild der Seele Macks: »Und dein Garten ist wild und schön und vollkommen entwickelt … ich sehe hier ein perfektes, lebendiges Muster sich entwickeln, wachsen und gedeihen – ein lebendiges Fraktal« (S. 158).

Und schließlich ist da noch die geheimnisvolle Sophia, die Personifikation der Weisheit Gottes. Als Teil von »Sarayu« erscheint sie fast als vierte Person der Trinität und wird außerdem als allwissende Richterin dargestellt.

### Ein akkurates Bild vom Wesen Gottes?
In Wayne Jacobsen, Brad Cummings und Bobby Downes hatte William P. Young »drei Brüder im Geiste« gefunden (S. 298), mit denen er im Verlauf von 16 Monaten gemeinsam an dem Buch *Die Hütte* arbeitete. Vierzig Prozent des Dialogs wurden gestrichen, »fragwürdige theologische Aussagen und missverständliche Passagen« wurden entfernt (S. 298). Das Ergebnis sollte laut

Autor ein »akkurates Bild vom Wesen und Charakter Gottes« zeichnen (S. 301). Wer den kurzen Einblick in die Beschreibung der »Young'schen« Trinität auf sich wirken lässt, muss sich angesichts der Tatsache, dass schon im Vorfeld fragwürdige und missverständliche Passagen gestrichen wurden, die Frage stellen, ob das ursprüngliche Manuskript noch mehr an theologischer Unschärfe beinhaltete, als das vorliegende Buch es ohnehin schon tut.

Zu sehr stellt William P. Young das geistliche Leben eines Christen nur auf der Beziehungsebene zwischen dem Menschen und Gott und zwischen dem Menschen und seinem Nächsten dar. Immer wieder wird die Bibel negativ dargestellt (S. 121), die Kirche wird so dargestellt, als ob sie nur Macht über ihre Mitglieder sichern will (S. 237), Regeln und Gebote sind in »Jesus« gänzlich aufgehoben (S. 234-235), die Sündhaftigkeit des Menschen wird vereinfacht dargestellt und verharmlost (S. 136).

William P. Young und seine drei geistlichen Mitautoren formulierten schließlich auch ihr Ziel, das sie mit diesem Buch verfolgen, wenn es darin heißt: »Wir beten, dass Gott … Ihr Herz berühren und Ihre inneren Blockaden beseitigen wird und dass er Ihnen helfen wird, seine Liebe für Sie in reicheren Farben und Tönen zu sehen« (S. 300). Gottes Liebe wird besonders betont, während Gottes Gerechtigkeit und Heiligkeit nicht behandelt werden. Ferner entsteht der Anschein, dass Gott in diesem Buch vermenschlicht wird und der Mensch vergöttlicht wird. Der Mensch ist jener unordentliche, aber doch so schöne Garten, der im Grunde eine geistliche Evolution durchmacht; er ist ein lebendiges Fraktal – »ein perfektes, lebendiges Muster« –, das in die göttliche Vollkommenheit transformiert wird.

Eine Reihe von Theologen erkennen in dem Buch *Die Hütte* die Irrlehren des Modalismus, Pantheismus und Universalismus. Modalisten lehren die ungeteilte Natur Gottes. Sie betrachten die Trinität als drei Erscheinungsformen oder Seinsweisen einer einzigen göttlichen Person. Der Vater kam auf die Erde, blieb ganz Gott, litt und starb in der Seinsweise des Sohnes; Gott-Vater wirkte auf Erden in dem »Modus« des Gottessohnes – daher die Bezeichnung Modalismus. Pantheisten glauben, das Göttliche in allen Erscheinungen der Welt zu sehen. Ihrer Ansicht nach ist Gott überall und in allen Dingen. Und die Anhänger der Lehre des Universalismus schließlich glauben, dass Gott letztlich alle Menschen und das ganze Universum erlöst hat und es keinen Ort ewiger Verdammnis gibt.

Wayne Jacobsen nahm zu diesen und anderen Angriffen auf das Buch Stellung und versuchte, diese zu entkräften.[31] Seine Argumente sind jedenfalls nicht überzeugend, denn sonst ließe es sich nicht erklären, dass eine Reihe renommierter Theologen so eindringlich vor dem Buch warnen. Es ist an sich schon bedenklich, dass ein Buch wie *Die Hütte* so kontrovers und missverständlich ist, dass eigens eine Verteidigungsschrift verfasst werden muss, um das Buch von dem Verdacht irreführender Lehrinhalte zu entlasten. Nach Abwägung der Kritik an dem Buch als auch der Gegendarstellung von Wayne Jacobsen muss man gleichwohl zu der Schlussfolgerung kommen, dass zumindest mehr oder weniger starke Tendenzen zum Modalismus, Pantheismus und Universalismus in dem Buch *Die Hütte* durchaus erkennbar sind.

Zweifel an der Rechtgläubigkeit von William P. Young werden unter anderem dadurch bestärkt, dass er sich in einem Interview ganz offen gegen den stellvertretenden Sühnetod Christi aussprach. Der Baptistenpastor Kendall Adams stellte William P. Young während einer Radiosendung gezielt die Frage, wie er zur traditionellen Lehre von Christi Leiden und Sterben am Kreuz stehe. Hier ein Ausschnitt aus dem Interview:

---

31 Wayne Jacobsen, *Is The Shack Heresy?* Webseite von Windblown Media.
URL: https://windblownmedia.com/about-wbm/is-the-shack-heresy.html.

Adams: »Glauben Sie also, dass Christus für unsere Sünden bestraft wurde?«

Young: »Ich glaube, dass Christus für uns zur Sünde wurde.«

Adams: »Ich meine, dass er ein (Sünd-)Opfer war, dass er bestraft wurde …«

Young: »Uh … von wem?«

Adams: »Dem Vater.«

Young: »Warum … warum sollte der Vater seinen Sohn bestrafen?«

Adams: »Viele betrachten Christus als Quelle unserer Erlösung … Christus nahm den Zorn Gottes auf sich; soweit ich Sie verstehe, würden Sie nicht zustimmen, dass das Kreuz ein Ort der Bestrafung für unsere Sünde ist.«

Young: »Nein, ich würde nicht zustimmen, ich bin nicht für die stellvertretende Sühne … die reformatorische Sichtweise.«

Adams: »Aber ist dies nicht das Herz des Evangeliums?«

Young: »Nein! Ha, Nein! … Das Herz des Evangeliums ist in Epheser 1,5 zu finden. Er bestimmte uns vor Grundlegung der Welt zur Sohnschaft …«[32]

In dem Interview wies William P. Young ferner darauf hin, dass im Evangelikalismus derzeit eine Diskussion über die Bedeutung des stellvertretenden Sühnetodes Christi geführt wird. Statt deutlich Position zu beziehen, verweist der Bestsellerautor auf eine Debatte und empfiehlt das Buch von Brad Jersak und Michael Hardin, *Stricken by God?: Nonviolent Identification and the Victory of Christ*[33] (Geschlagen von Gott?: Gewaltfreie Identifikation und der Sieg Christi).

Dieses Buch enthält eine Sammlung von 20 Essays zum Thema des Leidens und Sterbens Christi am Kreuz. Auf der Webseite

---

32 Radio-Interview von Kendall Adams mit William P. Young, KAYP Radio. URL: http://morebooksandthings.blogspot.com/2009/03/transcript-of-interview.html.

33 Brad Jersak, *»We considered him stricken. But …«*
URL: http://www.bradjersak.com/strickenfeature.html.

von Brad Jersak heißt es zu dem Buch *Stricken by God?*: »Musste Gott seinen Zorn auf seinen eigenen Sohn ausgießen, um sein Bedürfnis nach Gerechtigkeit zu stillen? … War das Opfer Christi die Erfüllung des von Gott geforderten Blutvergießens, um Erlösung zu wirken? Oder war das Kreuz das große ›Nein‹ zu diesem ganzen (Opfer-)System? Die Kirche stellt diese Fragen neu. Und aus allen christlichen Richtungen kommen Antworten.«[34]

Wenn Brad Jersak, der selbst viele Seminare zu mystischen Themen wie »Das hörende Gebet« anbietet, davon spricht, dass aus *allen* christlichen Strömungen Antworten kommen, dann meint er damit Anglikaner und Katholiken ebenso wie Evangelikale und Orthodoxe. Sehr schnell wird an der Liste der Autoren, die in diesem Buch zu Wort kommen, deutlich, dass die traditionelle evangelikale Lehre des stellvertretenden Sühnetodes widerlegt, umgedeutet und neu formuliert werden soll. Jersak fasst die Zielsetzung der Autoren des Buches *Stricken by God?* dann auch so zusammen: »Gemeinsam teilen und entwickeln sie eine Perspektive des Kreuzes, das die wiederherstellende Gerechtigkeit, Gewaltfreiheit und Erlösung durch Leiden beinhaltet.«[35]

Im Grunde zielt die Sichtweise der »Gewaltfreiheit« (*nonviolence*) darauf ab, den Anstoß der Botschaft des Kreuzes zu beseitigen – Jesus musste *nicht* eines gewaltsamen Todes sterben, um die Erlösung für die Menschen zu erwirken. Jesu Tod ist gemäß dieser Ansicht keine Forderung Gottes, um Vergebung der Sünden zu erreichen und Gerechtigkeit vor Gott wiederherzustellen. Der Opfertod Jesu ist lediglich als Option, jedoch keineswegs als Notwendigkeit der Heilsgeschichte Gottes zu verstehen, so die unbiblische Argumentation der Autoren des Buches.

---

34 Ebd.
35 Ebd.

Marcus Borg ist einer der Autoren, der ein Essay in Brad Jersaks Buch *Stricken by God?* verfasst hat. Marcus Borg, ehemals Professor für Religion und Kultur, lehnt die Autorität der Bibel als eine göttliche Offenbarung ebenso ab wie die Inspiration der Heiligen Schrift; er sieht in dem Buch der Bibel nicht mehr als das Produkt zweier antiker Gesellschaften, dem biblischen Israel und der frühen Christenheit. Ferner leugnet Borg die Jungfrauengeburt, die Göttlichkeit Jesu und glaubt nicht, dass Jesus für die Sünden der Welt starb.[36]

Borg erläuterte in der *Washington Post*, was er über das christliche Osterfest denkt: »Zu glauben, dass die zentrale Bedeutung von Ostern [Auferstehung] von etwas Spektakulärem abhängig ist, das mit dem Leichnam Jesu geschieht, geht an der Osterbotschaft vorbei und trivialisiert möglicherweise die Ostererzählung. Wer Ostern in erster Linie mit einer Hoffnung auf das Leben nach dem Tode verknüpft, so als ob unsere Existenz nach dem Tode von Gottes Auferweckung des Leichnams Jesu abhängt, reduziert die Erzählung auf eine politisch domestizierte Sehnsucht nach einem Weiterleben nach dem Tod.«[37]

Bei dieser Aussage handelt es sich um liberale Theologie pur! Die Bibel lehrt die Notwendigkeit eines Opfers, um Sünde zu tilgen und Gerechtigkeit wiederherzustellen; da kein Tieropfer den gerechten Forderungen Gottes Genüge tun konnte, musste Jesus, Gottes Sohn, stellvertretend für den sündhaften Menschen am Kreuz sterben (Joh 3,16; 3Mo 17,11; Hebr 9,22-26; 1Joh 4,10-14). Jesus ist aus der Sicht von Marcus Borg das Ideal einer Opferbereitschaft eines guten Menschen, der bereit ist, sein Leben für andere zu lassen. Diesem Beispiel an Selbstlosigkeit sollen die Menschen folgen.

---

36 Marcus Borg, *The God We Never Knew*, HarperCollins, New York, 1998, S. 25.
37 Marcus Borg, *Easter About Life, Not Death*. In: Washington Post – Kolumne: On Faith, 7. April 2007. URL: http://newsweek.washingtonpost.com/onfaith/panelists/marcus_borg/2007/04/easter_not_about_death_but_lif.html.

Hierzulande ist es vor allem der in evangelikalen Kreisen immer populärer werdende katholische Benediktinerpater und Autor Anselm Grün, der in den Fußstapfen der liberalen Theologie wandelt und lehrt, dass Christi stellvertretender Sühnetod am Kreuz »nicht durch die Bibel gedeckt« sei. Er schreibt: »Gott, der den Tod seines Sohnes braucht, um uns vergeben zu können, wäre ein sadistischer Gott ... Das Kreuz ist nicht die Bedingung, dass Gott uns vergibt. Vielmehr sehen wir in Jesus am Kreuz nicht nur ein menschliches Vorbild für uns, dass wir einander vergeben müssen, sondern auch ein Bild der vergebenden Liebe Gottes.«[38]

Spätestens wenn der Leser des Buches *Die Hütte* weiß, dass William P. Young einerseits die traditionelle evangelikale Lehre des stellvertretenden Sühnetodes Christi infrage stellt und andererseits auf Antworten bei Autoren wie Brad Jersak und dem liberalen Professor Marcus Borg verweist, der die Auferstehung und den Sühnetod des Sohnes Gottes leugnet, sollte ihm klar werden, wessen Geistes Kind der Bestsellerautor ist und auf welchem (un)geistlichen Pfad er wandelt. Es ist der alte glaubenszersetzende Weg des Liberalismus und Humanismus.

In John Bunyans *Pilgerreise* trifft *Christ* auf seiner Wanderschaft auf die Hirten am Fuße der lieblichen Berge – *Immanuels Land*. Die Hirten führten *Christ* auf den Berg namens *Irrtum*, und als *Christ* in die Tiefe blickte, sah er einige tote Männer liegen. Auf die Frage, wer diese seien, antworteten die Hirten: »Habt ihr nicht von denen gehört, die in den Irrtum verfielen ..., was den Glauben an die Auferstehung des Leibes angeht ... Das sind die Leute, die dort zerschmettert am Fuße dieses Berges liegen. Wie ihr seht, sind sie bis heute nicht begraben, als Warnung an alle anderen.«[39]

---

38 Anselm Grün, *Erlösung – Ihre Bedeutung in unserem Leben*, Kreuz Verlag, 2004, S. 65-67. Siehe auch Aufatmen, 2/2000, S. 44: »Der Kern der biblischen Botschaft ist: Gott vergibt uns die Schuld, weil er Gott ist, weil er barmherzig und gnädig ist. Und nicht, weil Jesus am Kreuz gestorben ist.«
39 John Bunyan, *Die Pilgerreise*, Johannis Verlag, Lahr, 2005, S.137.

Die Hirten zeigten *Christ* auch das Schicksal jener, die lange Zeit als echte Nachfolger galten und doch verlorengingen, und das Ende jener, denen der schmale Pfad zu beschwerlich wurde und die sich für einen bequemeren Weg entschieden, bis der *Riese Verzweiflung* sie gefangen nahm und nicht mehr preisgab. Die Hirten sahen darin die Erfüllung des Schriftwortes: »Ein Mensch, der von dem Weg der Einsicht abirrt, wird ruhen in der Versammlung der Schatten« (Spr 21,16). John Bunyan, der übrigens 443 Bibelstellen in seine Geschichte *Die Pilgerreise* einbettete, war nie vage, was die Lehren der Bibel angeht, und man spürt seiner Erzählung den würdigen Ernst und die Gottesfurcht ab, die dem Buch *Die Hütte* offenkundig fehlen.

Manche Aspekte der Bibel werden in dem Buch *Die Hütte* geradezu auf den Kopf gestellt. Statt dass der Mensch ein Diener Gottes sein soll, wird Gott zum Diener des Menschen gemacht. Als Mack sich auf den Nachhauseweg macht, sagte er mit einem leisen Lachen: »Gott, der Diener.« Aber der Gedanke ließ ihn innehalten. Er fühlte Rührung in sich hochsteigen. »Gott, mein Diener, muss es wohl eher heißen« (S. 273). Dass Gott dem Menschen dient, was in der völligen Selbstaufgabe Jesu Christi erwiesen wurde, steht außer Frage. Der erlöste Mensch seinerseits wird durch den Opfertod Jesu erst zum Dienen befähigt (2Kor 3,6) und sollte nicht dabei stehen bleiben, sich endlos von Gott dienen zu lassen; stattdessen ist er berufen, dem Nächsten mit seinen Gaben zu dienen (1Petr 4,10). Das Gesamtbild des christlichen Dienens, das William P. Young in seinem Buch zeichnet, ist äußerst einseitig.

Dies zeigt sich besonders in seiner Darstellung von »Papa«. Im modernen Evangelikalismus ist seit den 1970er-Jahren vor allem in charismatischen Kreisen die Vorstellung Gottes als ein »himmlischer Papa«, der die Bedürfnisse seiner Kinder erfüllen und sie glücklich machen will, weit verbreitet. Die Vaterliebe Gottes wird überbetont, alle anderen Eigenschaften der göttlichen Natur treten dahinter zurück. In diesem Zuge wird Jesus, Gottes Sohn, zu einem Kumpel und Freund jedes Christen gemacht.

Die Menschen der Bibel, die sich dem wahren Gott nicht beugen wollten, haben immer wieder versucht, sich ihr eigenes *Gottes*bild zu machen und kreierten am Ende stets ein *Götzen*bild (2Mo 32; Hab 2,18; Jes 44,9-11; Jer 10,3-6). Dem Menschen ist es verboten, Gott – auch den Gott der Bibel – seinen Vorstellungen gemäß zu reduzieren auf eine angenehme, freundliche, allezeit nachsichtige Person, die sich all unseren Wünschen fügt und gerne mit uns eine Party feiert – »Schall von Gesang« und »Reigentänze« in den Worten alttestamentlicher Sprache (2Mo 32, 18-19).

Die Bibel ruft unzweifelhaft zu einer innigen, vertrauensvollen Verbundenheit mit Gott auf. Doch vielfach ist die so gängig gewordene neue »Papa-Theologie« zu einem respektlosen Umgang mit dem heiligen Gott verkommen. Aus einer heiligen Vertrautheit wurde eine seelisch-fleischliche Distanzlosigkeit gegenüber Gott. Nur drei Bibelstellen sprechen von Gott als »Abba, Vater« (Mk 14,36; Röm 8,15; Gal 4,6). Hofius weist im theologischen Begriffslexikon auf die Bedeutung des Vater-Begriffes zur Zeit Jesu hin: »Der Vater gebietet als Hausherr und höchste Respektperson in unumschränkter Gewalt über seine Familie; er ist zugleich der für die Seinen verantwortliche Beschützer, Ernährer und Helfer. *Beide* Züge sind auch da lebendig, wo eine Gottheit mit dem Vaternamen benannt oder angeredet wird.«[40]

Der Vater war also sowohl eine liebende, fürsorgliche und mitfühlende Person als auch eine Respektperson. Das hebräische

---

40 Lothar Coenen (Hrsg.), *Theologisches Begriffslexikon zum Neuen Testament*, R. Brockhaus Verlag, Wuppertal, 1983, S. 1241.

Verständnis von »Abba« sowie die Vorstellungen über Gott als Vater in den frühchristlichen Schriften unterscheiden sich auffallend von der vielfach angepriesenen neuen »Papa-Theologie«. Es scheint, als ob William P. Young diesem neuen Trend bewusst folgt und ihn mit seinem so populären Bestseller weiter fördert.

Christen, die ein einseitiges Verständnis von Gott haben, werden große Probleme in Krisenzeiten haben, wenn sie sich von ihrem himmlischen »Papa« verlassen fühlen. Akzeptieren wir Gott so, wie er ist, und stimmen wir unser Leben auf das biblische Gottesbild ab, werden wir uns auch in Zeiten der Bedrängnisse und Anfechtungen von unserem himmlischen Vater wunderbar geborgen wissen – einfach, weil wir *seinem* Wort vertrauen.

# Kapitel 4
# Die Neue Spiritualität

*Alles Neue und Einmalige sollte mit Vorsicht betrachtet werden, solange es nicht der Prüfung durch die Schrift unterzogen wurde. Im ganzen zwanzigsten Jahrhundert wurden eine Reihe unbiblischer Behauptungen von den Christen angenommen, weil man vorgab, diese gehörten zu den Wahrheiten, die erst in den letzten Tagen offenbart werden sollten. Die Wahrheit ist: Die Bibel lehrt nicht, dass es neues Licht und fortgeschrittene geistliche Erfahrungen in den letzten Tagen geben werde; sie lehrt genau das Gegenteil!*[41]                    A. W. Tozer*

Der Evangelikalismus kämpfte bis zur Mitte des 19. Jahrhunderts für den einmal überlieferten Glauben der Heiligen Schrift – für die Autorität und Inspiration der Bibel, für die leibliche Auferstehung Christi und der Heiligen, für das stellvertretende Sühneopfer Christi, für die Göttlichkeit Jesu Christi, für die Wiederkunft des Herrn, für die Lehre eines kommenden Gottesreiches und Völkergerichts. Die Feinde des Evangelikalismus seit dem 19. Jahrhundert waren in erster Linie der Rationalismus, der erstarkende Säkularismus und die liberale Bibelkritik. Schon zur Zeit Spurgeons (1834 – 1892) deutete sich an, dass Bibeltreue und Rechtgläubigkeit der Evangelikalen durch die aufkommende Bibelkritik erschüttert werden würde. Die unter der Bezeichnung *Down-Grade Controversy* bekannt gewordene Auseinandersetzung zwischen Spurgeon und der immer liberaler werdenden *Baptist Union*, der er schließlich seine Mitgliedschaft aufkündigte, ließ erahnen, dass die Zukunft weitere Konflikte bereithalten würde.

---

41  A. W. Tozer, *Verändert in sein Bild*, CLV, Bielefeld, 2000, S. 168.

Mit der Entstehung des Neo-Evangelikalismus im Jahre 1948 in den USA kam es zu der Situation, dass sich zum ersten Mal zwei rivalisierende Strömungen innerhalb des Evangelikalismus gegenüberstanden. Der Neo-Evangelikalismus, der das Beste aus dem konservativen Evangelikalismus – damals auch als »Fundamentalismus« bezeichnet – und dem theologischen Liberalismus vereinen wollte, schwächte jedoch im Laufe seiner Geschichte die Lehre der Autorität und Inspiration der Bibel, gab die Opposition zu pfingstlichen (und später charismatischen) Strömungen auf, strebt Zusammenarbeit auf ökumenischer Ebene an und will die Kultur und Gesellschaft erreichen, indem die strikte Trennung von der Welt aufgegeben wird. Eine neue evangelikale Frömmigkeit – die *neoevangelikale* Spiritualität – war geboren.

Einen weiteren Schub »innovativer« oder »progressiver« Spiritualität erfuhr die evangelikale Bewegung schließlich in den 1990er-Jahren durch die Emerging Church, einer Bewegung, die dem postmodernen Menschen das Evangelium in »relevanter« Form nahebringen will. Im Zuge dieser Bewegung, die sich ähnlich der charismatischen Bewegung mittlerweile durch alle Kirchen und Denominationen zieht, kam es zu einer weiteren Verwässerung des Evangeliums. Eine Reihe von Vertretern der Emerging Church ließen sogar die Grenzen der christlichen Ökumene hinter sich und begaben sich auf interreligiöses Terrain. Es ist keine Seltenheit, dass es neben den eher konservativ ausgerichteten Gemeinden dieser Strömung auch emergente Gemeinden gibt, die Yoga-Kurse anbieten, den Wert östlicher Meditationsformen oder Religionen anpreisen und interreligiöse Kontakte pflegen, weil sie in allen Religionen göttliche Wahrheiten zu erkennen meinen.

Parallel zu dieser Entwicklung stieg in den letzten zwei Jahrzehnten unter vielen Evangelikalen das Interesse an christlicher Mystik. Die kontemplative Mystik (Ruhegebet, immerwährendes Gebet, Bildmeditation, Visualisierung etc.) stieß bei Evangelikalen auf großes Interesse. Im deutschsprachigen Raum findet derzeit die »christliche« Mystik nicht zuletzt durch das »Jahr der Stille 2010« – das Evangelikale, Charismatiker und Ökumeniker aller Schattierungen vereint – weitere Verbreitung – Grenzüberschreitungen in das Gebiet der New-Age-Philosophie inklusive. Dieser mystische Trend, der im Wesentlichen nichts weiter als einen Rückfall in die vorreformatorische katholische Spiritualität darstellt, das postmoderne theologische Gedankengut der in den 1990er-Jahren entstandenen Emerging Church mit ihrer zum Teil liberalen und ökumenisch-interreligiösen Ausrichtung sowie die neoevangelikale Theologie werden in diesem Kapitel unter dem Begriff *Neue Spiritualität* zusammengefasst.

Die *Neue Spiritualität* vereint viele Merkmale in sich, die sich auch in dem Buch *Die Hütte* nachweisen lassen. Biblische Lehre und mitunter sogar die Bibel selbst haben nicht mehr den Stellenwert, den man ihnen unter den Evangelikalen noch vor Jahrzehnten einräumte. Sehr subtil wird in dem Buch *Die Hütte* die Zentralität biblischer Lehre und der Bibel selbst ausgehöhlt. In einer Szene sagt »Papa«, dass er gerne eine Andacht hätte. Mack musste sich ein verächtliches Kichern verkneifen, während schlechte Erinnerungen von Tischgebeten und Andachten in ihm aufkamen. »Halb erwartete Mack, Jesus würde eine alte King-James-Bibel hervorholen. Stattdessen streckte Jesus die Hände aus und nahm Papas Hände in seine ...« (S. 121). Es folgt eine Szene, in der »Papa«, »Jesus« und »Sarayu« in Liebe und Frieden vereint waren, und über Mack wird gesagt: »Sich in der Gegenwart einer solchen Liebe aufzuhalten schien bei ihm eine innere emotionale Blockade aufzulösen« (S. 122).

Mack reagiert verächtlich, wenn er an eine Andacht denkt, die er mit dem Lesen der Bibel verbindet. Als Ersatz für Bibel und Andacht wird Mack von Gefühlen der Gegenwart der Liebe Gottes übermannt: »Zwar verstand er nicht genau, was er fühlte – aber es fühlte sich gut an!« (S. 122). Gefühle statt Andacht, die

Gegenwart der Liebe Gottes statt Studium der Schrift, Empfindungen des Herzens statt Erkenntnis der Wahrheit – dies ist, was emotionale Blockaden auflöst, so wird dem Leser jedenfalls suggeriert.

In einer weiteren Szene sprechen »Sarayu« und Mack über die Verhaltensregeln der Bibel. »Sarayu« fragt Mack, welche Regeln es denn seien, und Mack »entgegnet sarkastisch: ›Dass wir Gutes tun und das Böse meiden sollen …, unsere Bibel lesen, beten und in die Kirche gehen sollen‹« (S. 228). Schließlich sagt »Sarayu«: »Die Bibel lehrt dich nicht, Regeln zu gehorchen. Sie ist ein Bild von Jesus« (S. 228), und will Mack vor Augen führen, dass es nicht um Regeln, sondern um Beziehungen geht. Auch wenn ein Körnchen Wahrheit in dieser Aussage steckt, so kommt in dem Gespräch eine subtile Abgeneigtheit gegen die Regeln und Gebote der Bibel und gegen die Bibel selbst zum Ausdruck.

Im weiteren Verlauf des Gespräches von »Sarayu« mit Mack wird dies noch nachhaltiger dargelegt. Über die Antworten der christlichen Religion oder des Theologischen Seminars sagt »Sarayu«: »Obwohl sie vielleicht recht haben, sind ihre Antworten trotzdem falsch« (S. 229). Und Mack entgegnet: »Mein Leben mit euch dreien [der Trinität] zu teilen war viel erhellender … als irgendeine *jener* Antworten« (S. 229). Es wird dem Empfinden Vorschub geleistet, dass eine theologische Ausbildung und die Antworten und Gebote der Bibel minderwertig sind und es vor allem darauf ankommt, einzig aus einer Beziehung mit Gott zu leben.

An anderer Stelle des Buches wird berichtet, dass Mack auf dem Theologischen Seminar beigebracht worden war: »Gott hatte jegliche Kommunikation mit den heutigen Menschen eingestellt und zog es offenbar vor, dass sie ausschließlich die alten heiligen Schriften lasen und befolgten« (S. 75). Die Bibel galt Mack als ein »teures, in Leder gebundenes Buch mit Goldrand …, oder war es

ein *Schuld*rand?« (S. 76). Und wenn es ferner heißt, dass Macks
»alte theologische Ausbildung ihm überhaupt nicht half« (S. 103)
zu verstehen, was vor sich ging, wird der Anschein verstärkt,
alle Theologie sei wenig gewinnbringend und die Bibel sei ein
Buch, das eher *Schuld*komplexe als Erbauung fördere. Gott kann
man anscheinend überall begegnen, nur nicht an theologischen
Ausbildungsstätten oder in der Bibel. Es scheint der Leitsatz zu
gelten: Beziehung ist *alles*, Lehre und Bibel ist *nichts*.

Doch kann man wirklich Gottesbeziehung und Zentralität der
Heiligen Schrift gegeneinander ausspielen? Natürlich nicht,
denn bei einem gesunden Glauben gehört beides zusammen,
die Wahrheit der Bibel mit ihren Geboten und Ordnungen wie
auch eine lebendige Gottesbeziehung. Ein starrer, toter Dogma-
tismus ist ein ebenso großes Übel wie ein auf Gefühlen basieren-
der Glaube, der in einer mystischen Weise den Frieden und die
Liebe Gottes erstrebt und das Studium der Schrift vernachlässigt.
Jesus sagte: »Meine Worte sind Geist und sind Leben« (Joh 6,63).
Während ein bibelloser Glaube nur ein emotionales Zerrbild des
wahren Glaubens hervorbringen kann, der auf einseitigem Sub-
jektivismus ruht, wird ein Glaube, der nicht in einer Beziehung
zu dem lebendigen Gott verwurzelt ist, allenfalls eine Frömmigkeit erzeugen, die zwar rechtgläubig sein mag, sich indessen
nicht in der Kraft und Liebe Gottes zu erweisen vermag.

Die Folgen des Trends, den Wert biblischer Lehre zu verkennen,
spiegeln sich in den Umfragen der letzten Jahre unter amerikanischen Evangelikalen wieder. Der amerikanische Theologe
Michael Horton, der diese Tendenzen seit Langem verfolgt,
erläutert in einem Artikel, dass die Tendenz zu beobachten ist,
die Autorität und die Allgenugsamkeit der Schrift ebenso infrage
zu stellen wie grundlegende Glaubenssätze, über die bei der
Mehrzahl der Evangelikalen in der Vergangenheit noch Konsens
herrschte. Ferner weist er darauf hin, dass die ihm bekannten
Umfragen unter Evangelikalen zeigen, dass diese die meisten

grundlegenden Wahrheiten des Christentums nicht mehr kennen. Stattdessen herrsche ein »moralistischer, therapeutischer Deismus« vor, wie der Soziologe Christian Smith dokumentierte, so Horton.[42] Diese Einschätzung dürfte weitestgehend ebenso auf den deutschsprachigen Raum zutreffen.

Unter einem »moralistischen, therapeutischen Deismus« versteht man ein Gottesbild, das psychologische und moralische Vorstellungen in den Vordergrund stellt. Mit anderen Worten: Christen suchen ihre Hilfe in erster Linie in psychologischen Methoden – statt in einer biblisch begründeten Seelsorge – und glauben, dass ein moralisch guter Mensch von Gott angenommen ist – was im Grunde der Werksgerechtigkeit gleichkommt. Die Anhänger des Deismus gehen von der Schöpfung des Universums durch Gott aus, nehmen aber an, dass Gott im Folgenden keinen Einfluss mehr auf die Geschehnisse im Universum nimmt. Es bleibt allein dem Menschen überlassen, sein Leben hier zu gestalten und glücklich zu werden.

Michael Horton sieht den Auflösungsprozess, in dem sich der Evangelikalismus befindet, als weit fortgeschritten an und wirft die Frage auf, was am Evangelikalismus noch »evangelikal« sei angesichts der Tatsache, dass Christen, die in evangelikalen Gemeinden groß werden, einen moralistischen, therapeutischen Deismus – eine »vage Spiritualität« – gegen das christliche Glaubensbekenntnis eintauschen. Wie viel Evangelium ist unter Evangelikalen noch vorhanden?[43] Es muss schon als bedenklich gelten, dass man derartige Fragen überhaupt stellen muss. Dass dieser Zustand so vielen Evangelikalen gar nicht mehr auffällt, dass so wenige ihre mahnende Stimme erheben, zeigt, wie sehr man sich bereits an diesen Zustand gewöhnt hat.

---

42 Michael Horton, *Who Exactly Are the Evangelicals?* In: 9Marks eJournal, Januar/Februar 2010, S. 46.
43 Ebd.

Auf die Antipathie gegen Bibel und Theologie wurde bereits hingewiesen. Aber auch die christliche Kirche oder Gemeinde gerät in dem Buch *Die Hütte* in die Kritik. In einem Gespräch zwischen »Jesus« und Mack über die Kirche gibt Mack zu verstehen, dass es sich nicht um den Ort handeln kann, den er sonntags aufsucht. »Jesus« unterweist Mack daraufhin, dass er die Kirche nur als ein von Menschen geschaffenes System betrachtet: »Das ist nicht die Kirche, die zu bauen ich gekommen bin« (S. 204). Vielmehr ist »Jesus« gekommen, um »eine lebendige, atmende Gemeinschaft aller, die mich lieben, keine Gebäude oder Programme« zu schaffen (S. 204). Und weiter wird von Mack berichtet, dass er irritiert war, »Jesus« auf diese Weise von der Kirche reden zu hören.

In dem Gespräch fährt »Jesus« fort und erklärt, was er unter Kirche versteht: »… offen sein und Anteil nehmen am Leben der Menschen … In meiner Kirche geht es um die Menschen, und Leben ist Beziehung« (S. 204). Erneut werden Beziehungen in den Vordergrund gerückt, Kirche als »religiöse Maschinerie« und »all dieses gut gemeinte religiöse Zeug« (S. 205) oder als »all die kleinen religiösen Klubs« (S. 76) verunglimpft. Bei dem Versuch, sich aus der vermeintlichen Enge christlicher Kirchen oder Gemeinden mit all ihren Fehlern und Schwächen zu befreien, schießt das Buch *Die Hütte* wie so oft über das Ziel hinaus.

Der Wert, den die Schrift der Kirche (Gemeinde) beimisst, ist zu groß und zu heilig, als dass man ihn leichtfertig über Bord wirft. In Apostelgeschichte 20,28 wendet sich Paulus an die Ältesten der Gemeinde von Ephesus und ermahnt sie, auf sich selbst und die Herde achtzuhaben, weil es die Gemeinde (Kirche) Gottes ist, die »er sich erworben hat durch das Blut seines eigenen Sohnes«. Die Kritik an einer Institution, die sich Kirche nennt und in der Vergangenheit im Namen Gottes mitunter schreckliche Dinge verübte, mag zum Teil berechtigt sein. Das Kind mit dem Bade auszuschütten und Antipathie gegen jede Form von christlicher Kirche oder Gemeinde zu säen, ist einseitig und fördert auf subtile Weise das Misstrauen gegen jede Form verbindlicher Gemeinschaft.

Mit der ablehnenden Einstellung gegen die christliche Kirche oder Gemeinde eng verbunden ist eine unterschwellig anti-rationale Haltung. Viele Anhänger der *Neuen Spiritualität* sind einer zu rationalen Form des Christentums überdrüssig. Michael Horton führt in dem oben zitierten Artikel aus, dass der Konsens der Evangelikalen früherer Zeiten darin bestand, sowohl die rechte Lehre des Evangeliums zu bewahren als auch das Evangelium den Verlorenen zu verkünden. Der moderne Evangelikalismus hingegen definiert sich laut Horton zunehmend über Stilfragen (»zeitgenössisch/modern« versus »traditionell«) statt über die Lehre über Gott, den Menschen, die Sünde, das Heil, den Sinn der Geschichte und das letzte Gericht.[44]

Um bei der Beobachtung von Michael Horton zu bleiben, kann man auch bei dem Buch *Die Hütte* erkennen, dass sich die Botschaft des Buches unter anderem verstärkt über den Gegensatz »rational« (Verstandesebene) versus »relational« (Beziehungsebene) definiert. Es entsteht immer wieder der Eindruck, dass die Beziehungsebene zwischen Mensch und Gott und zwischen dem Menschen und seinem Nächsten auf Kosten der rationalen Ebene zu sehr in den Mittelpunkt rückt. Im Grunde stellt dies für die Bibel keinen Gegensatz dar, da Gottes Wort, das die Beziehung vom Menschen zu Gott sowie zu seinem Nächsten umfassend regelt, nicht antiintellektuell oder verstandesfeindlich ist. »Sich nicht *auf* den Verstand zu verlassen« (Spr 3,5) bedeutet nicht, *den* Verstand zu verlassen!

»Nobody wanted God in a box, just in a book« (S. 66), schreibt William P. Young in seiner Originalausgabe – »Niemand wollte

---

44 Ebd.

Gott in einer Box, *nur* in einem Buch [die Bibel].« In der Übersetzung der deutschen Ausgabe hört sich der Satz so an: »Niemand wollte einen lebendigen Gott zum Anfassen« (S. 75). Die Christen aller Zeiten waren davon überzeugt, dass die Bibel mehr ist als *nur* ein Buch; die Bibel ist Heilige Schrift und Gottes Offenbarung an die Menschen. Gott in eine Box zu stecken, Gott in die Schublade unserer Theologie einzuordnen, Gott nur in dem Buch der Bibel finden zu wollen, das ist dem Autor zu wenig. Er will, wie es in der deutschen Übersetzung zum Ausdruck kommt, einen Gott zum Anfassen.

Gott muss erlebbar, erfahrbar und fühlbar sein. Und dies, so scheint die Philosophie des Buches zu propagieren, ist vor allem durch eine Beziehung mit dem Gott der Liebe möglich. »Liebe und Beziehung sind für euch nur möglich, weil sie bereits in mir existieren, in meinem Göttlichsein ... Liebe ist das Fliegen. Ich bin Liebe« (S. 115). »Papa« erklärt Mack ferner, dass »er geschaffen wurde, um geliebt zu werden« (S. 110). Mit keinem Wort findet sich in dem Buch *Die Hütte* eine Warnung, dass nicht immer alles, was sich gut anfühlt, auch gut sein muss und dass Menschen durch Gefühle und Erfahrungen in die Irre geführt werden können.

In einem Gespräch über den Zorn Gottes und Gottes Stellung zur Sünde des Menschen sagt »Papa« zu Mack: »Ich brauche die Menschen nicht für ihre Sünden zu bestrafen« (S. 136). Sünde ist laut »Papa« Strafe an sich, und er als Gott kann sich in Bezug auf die Sünde nur vorstellen, sie zu heilen. Ein Gott, der Sünde bestrafen muss, ein Gott des Gerichts oder gar des Zorns über eine sündhafte, schuldige und gottlose Welt kann sich der Autor William P. Young offensichtlich nicht vorstellen.

In einer Studie fasst der Religionssoziologe Alan Wolfe die Veränderungen des amerikanischen Protestantismus bezüglich der Auffassungen über Sünde zusammen: »Starke Überzeugungen über Sünde sind nicht nur mit der Vorstellung eines fordernden Gottes verbunden, sondern auch mit dem Gedanken an einen mächtigen und verführerischen Satan. Die Umfragen hingegen zeigen regelmäßig, dass die Amerikaner sich nicht sicher sind, ob es eine Hölle gibt, obgleich sie im Allgemeinen an einen Himmel glauben.«[45]

Insbesondere in den Gemeinden, deren oberste Priorität Gemeindewachstum ist, beobachtete Wolfe einen Wandel der traditionellen Sichtweise, was Sünde angeht. Menschliches Fehlverhalten wird eher als Schaden für die individuelle Person dargestellt, als dass man es »als Verstoß gegen einen heiligen Gott« deutet.[46] Wolfe weist in seiner Untersuchung darauf hin, dass Rick Warren, der neben Bill Hybels' *Willow Creek* die bekannteste Megagemeinde (*Saddleback Church*) in den USA leitet, es nicht einmal in Erwägung zieht, das Wort *Hölle* zu gebrauchen und auch das Wort *Sünde* nahezu aus seinem Wortschatz verbannt oder es durch das Wort *Versuchung* ersetzt hat.[47]

Alan Wolfe schreibt: »Jede Religion, die darauf besteht, dass dem Menschen der Makel der Sündhaftigkeit anhängt … und die Gläubigen dazu aufruft, in ihre Herzen zu schauen, um sich von ihren Sünden zu reinigen, wird in der gegenwärtigen amerikanischen Kultur nicht allzu viele Nachfolger gewinnen.«[48] Wolfe beschreibt ferner, wie die Psychologie im Protestantismus den Menschen von seiner Sünde entschuldet hat. In der christlichen Verkündigung beobachtete Wolfe den Trend, einen wertenden oder beurteilenden Wortschatz zu vermeiden und durch psychologische Auffassungen zu ersetzen. Er kommt zu dem

---

45 Alan Wolfe, *The Transformation of American Religion*, The University of Chicago Press, Chicago, 2005, S. 161.
46 Ebd., S. 166.
47 Ebd.
48 Ebd., S. 175.

Schluss: »Wenn die Psychologie herrscht, gibt es keine Sünde mehr.«[49]

Für »Papa« steht schließlich auch fest, dass »er das bekommen wird, was er von Anfang an gewollt hat« (S. 222). Was »Papa« von Anfang an gewollt hat, erreichte er durch Jesu Tod am Kreuz. »Durch seinen Tod und seine Auferstehung bin ich jetzt völlig mit der ganzen Welt ausgesöhnt«, erläutert »Papa« (ebd.). Und »Papa« legt nach und erklärt, dass das, was er durch »Jesus« am Kreuz vollbracht hat, »absolut, vollständig und für alle Zeiten« gültig ist (ebd.). Nicht nur diese Stelle des Buches hat den Autor unter den Verdacht gestellt, er lehre Universalismus (Allversöhnungslehre): Alle Menschen kommen in den Himmel.

Es wurde bereits belegt, dass William P. Young die traditionelle Lehre des stellvertretenden Sühnetodes Christi nicht teilt und stattdessen auf sehr zweifelhafte Autoren wie Brad Jersak und Marcus Borg verweist. Letzterer lehnt, wie bereits erwähnt, nicht nur den Sühnetod Christi am Kreuz ab, sondern auch die Auferstehung des Leibes – eine zentrale Lehre der Heiligen Schrift. Obwohl sowohl William P. Young als auch Wayne Jacobsen immer wieder beteuern, dass sie die Lehre des Universalismus nicht vertreten, fällt es schwer, ihnen das angesichts der Aussagen des Buches *Die Hütte* zu glauben.

Aber nicht nur die Aussagen des Buchs selbst, sondern auch die Verbindungen von William P. Young zu anderen Personen verstärken den Eindruck, dass er ein Universalist ist oder zumindest sehr stark in die Richtung des Universalismus tendiert. Im April 2009 veranstaltete *Perichoresis Ministries* von C. Baxter Kruger eine Konferenz unter dem Thema *The Shack Conference – The Story behind the Story and its Theology* (Die Hütte – Die Geschichte hinter der Geschichte und ihre Theologie). Neben

---

49 Ebd., S. 176.

C. Baxter Kruger und William P. Young nahmen zwei weitere Redner, Malcolm Smith und Ken Blue, an der Konferenz mit insgesamt 11 Veranstaltungen teil.

Der Theologe und Autor C. Baxter Kruger ist der Gründer von *Perichoresis Ministries*. *Perichoresis* ist ein Ausdruck aus dem Griechischen. Das griechische Verb *perichorein* bedeutet *durchdringen* in dem Sinne, dass *etwas oder jemand alles durchdringt*. Perichorese bezeichnet die vollkommene gegenseitige Durchdringung aller drei Personen der Trinität, ohne dass die Dreieinigkeit in einer Einheit einer einzigen Person der Gottheit aufgelöst wird. Die klassische Trinitätslehre sieht in dem Vater, dem Sohn und dem Heiligen Geist drei Personen in der vollkommenen Einheit der Trinität. Gregor von Nazianz (ca. 329 – 390) war einer der Ersten, der die Lehre der Perichorese formulierte. Diesem besonderen Aspekt der Trinität, der gegenseitigen Durchdringung und vollkommenen Einheit von Vater, Sohn und Heiligem Geist, begegnet man auch in dem Buch *Die Hütte*. Dies ist für sich genommen noch keine Abweichung von der klassischen Trinitätslehre, wie sie auch vom Evangelikalismus vertreten wird.

Aus der Lehre der Perichorese ging später jedoch der trinitarische Universalismus hervor, also die Lehre, dass die drei Personen der Trinität alle Menschen, die Welt und das gesamte Universum erlöst haben. Gott durchdringt dieser Lehre zufolge den gesamten Kosmos und erfasst nicht nur diejenigen, die Jesus nachfolgen, sondern alle Menschen, also auch die Gottfernen. Das Heil gilt folglich allen Menschen, wird aber nur von dem erfahren, der es sich durch den Glauben aneignet. Die Hölle existiert zwar, ist aber ein Ort, an dem der gottferne Mensch erkennt, in welcher Finsternis er lebte, um dann in die Gemeinschaft mit Gott einzugehen. Durch Sünde bestraft der Mensch sich selbst. Der Zorn Gottes und das Gericht dienen dazu, dass der Mensch seine Sündhaftigkeit vor Gott erkennt und zu Gott umkehrt. Wahre Gerechtigkeit wird als Wiederherstellung *aller*

Sünder umgedeutet. Gott ist seinem Wesen nach durch und durch Liebe, der keinen Menschen ewig bestrafen kann und immer das »bekommt, was er von Anfang an wollte«: die Erlösung der gesamten Schöpfung.

Diese Definition des trinitarischen Universalismus könnte sehr wohl und sehr treffend den Inhalt des Buches *Die Hütte* zusammenfassen. Zu auffallend sind die Ähnlichkeiten der Theologie des Universalismus mit der Geschichte der liebenden Trinität Gottes, wie sie William P. Young dem Leser in »Papa«, »Jesus« und »Sarayu« vor Augen führt. Der traditionelle Evangelikalismus lehnt derartige Lehren jedoch entschieden ab.

C. Baxter Kruger, der in seinem Blog einmal sagte, dass Jesus am Kreuz nicht den Zorn Gottes, sondern den Zorn der Menschen auf sich lud, ist in seiner Theologie stark von Karl Barth und Thomas Torrence beeinflusst, die von vielen Theologen ebenfalls als Universalisten eingestuft werden. Der Theologe Bill Muehlenberg kommt zu dem Schluss: »Baxter Krueger und Barth wurden kritisiert, die Lehre des Universalismus zu vertreten – und das mit Recht, wie es scheint –, obgleich sich dies bei beiden bekanntermaßen nicht so einfach nachweisen lässt. Doch die Lehre des Universalismus lässt sich bei diesen beiden Männern eindeutig ableiten.«[50]

Wer glaubt, dass die Lehre des Universalismus erst mit dem Buch *Die Hütte* in den Evangelikalismus einzudringen droht, hat die Entwicklungen in den letzten Jahrzehnten gründlich verschlafen. Billy Graham antwortete auf die Frage, wer in den Himmel kommt, im Jahre 2006: »Ich wäre töricht, wenn ich darüber spekulieren würde, wer dort sein wird und wer nicht. Ich

---

50 Bill Muehlenberg, A review of *The Truth of the Cross.* By R. C. Sproul. 21.2.2009. URL: http://www.billmuehlenberg.com/2009/02/21/a-review-of-the-truth-of-the-cross-by-rc-sproul/.

glaube, dass Gottes Liebe umfassend ist. Er gab seinen Sohn für die ganze Welt, und ich glaube, dass er jeden Menschen liebt, unabhängig davon, was für ein Etikett er trägt.«[51] Der populäre TV-Prediger Robert Schuller (*Stunde der Kraft*) äußerte sich 1986 wie folgt: »Der Geist Christi wohnt in jedem menschlichen Wesen, ob die Person es weiß oder nicht, nichts existiert außer Gott.«[52] 2001 schreibt Schuller in seiner Autobiografie: »Ich habe einen Traum: dass alle, die an Gott glauben und positiv denken, die Täuschungen hinter sich lassen, welche die trennenden Religionen der Welt hinterlassen haben, und dass die Führer der großen Religionen ihre lehrmäßigen Besonderheiten hinter sich lassen, indem sie sich nicht auf die Unterschiede konzentrieren, sondern die trennenden Dogmen überwinden, um gemeinsam dafür einzustehen, der Welt Frieden, Wohlstand und Hoffnung zu bringen.«[53] Diese Aussagen von Graham und Schuller zeigen, wie sehr das Denken des Evangelikalismus schon von universalistischen Heilslehren beeinflusst ist.

Auch der sehr bekannte und einflussreiche Rick Warren machte Aussagen, die ihn in die Nähe der Lehre des Universalismus rückten. 2005 sagte er in einem Gespräch: »Ich begegnete Menschen in anderen Religionen, die Nachfolger Christi sind«, und bei einem interreligiösen Gebetsfrühstück in der UNO sagte er im selben Jahr: »Sie mögen Katholik oder Protestant oder Buddhist oder Baptist oder Muslim oder Mormone oder Jude oder Jaina [Anhänger des Jainismus, einer indischen Religion] sein oder überhaupt keiner Religion angehören. Mich interessiert Ihr religiöser Hintergrund überhaupt nicht, weil Gott das Universum für uns nicht geschaffen hat, um eine Religion zu haben. Er

51 Ist Billy Graham ein Allversöhner? URL: http://www.feuerflamme.de/anzeigen/news_show.php?select=news&show=572.
52 In einem Artikel im Magazin: *Possibilities*, Sommer 1986, S. 12.
53 Robert Schuller, *My Journey – From an Iowa Farm to a Cathedral of Dreams*, Harper, San Francisco, November 2001, S. 502.

kam für uns, damit wir mit Ihm in eine Beziehung eintreten.«[54]
Kommt das dem Leser nicht bekannt vor? In eine Beziehung mit
Gott zu treten, ist wichtiger als der religiöse Hintergrund.

Doch keine Bewegung innerhalb des Evangelikalismus hat sich
derart weit auf interreligiöses Terrain vorgewagt und universelle Heilslehren propagiert wie die seit den 1990er-Jahren ent-
standene Emerging Church. Es würde den Rahmen des Buches
sprengen, dies alles zu dokumentieren. Es soll an dieser Stelle
ein Zitat des bekannten Pastors und Bibellehrers John Mac-
Arthur genügen, der in einem Interview mit Paul Edwards über
die Emerging Church im Allgemeinen und über einen populären Vertreter dieser Bewegung im Besonderen das Folgende
sagte:

»Lassen Sie mich in dieser Sache Klartext reden: **Doug Pagitt
ist ein Universalist.** Was er sagte, ist ganz eindeutig. Er sagte:
Wenn Sie sterben, geht Ihr Geist zu Gott, und Gericht bedeutet,
dass sich alles auflöst, was in Ihrem Leben nicht in Ordnung
war, was schlecht war an Ihnen, was auch immer ein Mangel
in Ihrem Leben darstellte. Es spielt keine Rolle, ob Sie ein Buddhist, ein Hindu oder ein Muslim waren – es ist auch nicht wirklich wichtig, ob Sie ein Christ waren. Wir alle genießen am Ende
diese wunderbare, warme und wohltuende Gemeinschaft mit
Gott. **Das ist eindeutig der reine Universalismus.** Hier haben
wir es mit einer Form von **falscher Religion** zu tun … **eine Art
Heidentum,** die im Grunde als christlich anerkannt werden will,
weil sie **immer populärer** wird. Aber die Grundlinie dieser ganzen Bewegung der Emerging Church ist, dass sie an keine Lehre

---

54 Zitiert aus: *Ecumenicism, Inclusivism, and Universalism: Thank You Mistress Rome,
Rick Warren, and the Emergent Church Movement!* 31.3.2008. The Aspen Institute:
Rick Warren, *Aspen Ideas Festival*, 6. Juli 2005, »Discussion: Religion and Leader-
ship«, with David Gergen and Rick Warren. Rick Warren, United Nations, *Inter-
faith Prayer Breakfast*, September 2005.
URL: http://surphside.blogspot.com/2008/03/ecumenicism-inclusivism-and.html.

glaubt, sie vertritt keine Theologie. Sie wollen sich nicht dazu drängen lassen, irgendetwas in der Schrift zu interpretieren, und ihre Ausrede ist: ›Nun, die Bibel ist ohnehin nicht klar.‹ Mit anderen Worten: ›Wir wissen nicht, was sie bedeutet; und wir können nicht wissen, was sie bedeutet.‹«[55]

John MacArthur fasste mit diesen Worten das Wesen einer der Strömungen der Neuen Spiritualität treffend zusammen. Schade, dass viele Evangelikale fast jede Achtsamkeit verloren und weitestgehend ihr Urteilsvermögen eingebüßt haben. Sie täten gut daran, sich an Tozers Worte zu erinnern: »Alles Neue und Einmalige sollte mit Vorsicht betrachtet werden, solange es nicht der Prüfung durch die Schrift unterzogen wurde.«

| Traditioneller Evangelikalismus | Neue Spiritualität |
|---|---|
| Seelsorge orientiert sich an der Schrift. | Seelsorge greift auf die Psychologie zurück. |
| Sünde richtet sich gegen Gott. | Sünde richtet sich gegen die eigene Person. |
| Die Bibel ist die Offenbarung Gottes und kann mit dem Verstand erfasst werden. Mithilfe des Heiligen Geistes ist Gotteserkenntnis möglich. | Die Beziehung zu Gott ist der entscheidende Faktor einer erfahrbaren (fühlbaren) lebendigen Gotteserkenntnis. |
| Traditionen und Gemeinden werden nicht als negativ bewertet. | Misstrauen gegen alle christlichen Traditionen und Gemeinden. |

55 *The Emerging Church is a Form of Paganism.*
URL: http://www.gty.org/Resources/Articles/A277.

| | |
|---|---|
| Christliche Theologie wird geachtet, steht im Mittelpunkt des Glaubens und wird als Mittel für geistliches Wachstum angesehen. | Lehren und Dogmen werden als trennend und hinderlich empfunden, was Gemeinschaft mit Gott und Menschen angeht. |
| Die Autorität und Inspiration der Heiligen Schrift haben höchsten Stellenwert. | Wahrheit ist relativ, absolute Dogmen gibt es nicht. |
| Das Heil gilt ausschließlich den Menschen, die das Evangelium und Jesus Christus als ihren Erlöser im Glauben annehmen. | In allen Menschen wohnt das Göttliche inne, und alle Religionen haben einen Funken von Wahrheit in sich. |
| Es gibt ein Gericht Gottes. Alle, die Christus nicht als Erlöser annehmen, werden ewig in der Hölle von Gott getrennt sein. | Das Gericht Gottes stellt alle Sünder wieder her. Einen Ort der ewigen Verdammnis wie die Hölle gibt es nicht. |
| Der Zorn Gottes über die Sünde wurde am Kreuz auf Jesus gelegt und ermöglicht durch den Tod Christi die Erlösung des Menschen. | Am Kreuz von Golgatha war es nicht der Zorn Gottes, sondern der Zorn der Menschen, den Jesus auf sich nahm. |
| Liebe, Barmherzigkeit, Gerechtigkeit und Heiligkeit charakterisieren das Wesen Gottes. Das Kreuz ist der vollkommene Ausdruck von Gottes Liebe und Gerechtigkeit. | Gott ist von seinem Sein her durch und durch Liebe und kann in seiner Liebe nicht anders handeln, als der gesamten Schöpfung sein universelles Heil zu bringen. |

# Kapitel 5
# Die Feminisierung des Glaubens

*Wahre Spiritualität zeigt sich an bestimmten Eigenschaften. Zuerst ist da der Wunsch, vor allem heilig und nicht in erster Linie glücklich sein zu wollen. Das Streben nach Freude, das unter Christen so weit verbreitet ist, beweist, dass Heiligung tatsächlich nicht vorhanden ist. Der wahrhaft geistliche Mensch weiß, dass Gott Fülle von Freude geben wird, wenn wir bereit sind, sie zu empfangen, ohne Schaden an unserer Seele zu nehmen. John Wesley sagte über die ersten Methodisten, dass er an der Vollkommenheit ihrer Liebe zweifelte, weil sie in die Kirche kamen, um sich an Religion zu erfreuen, anstatt unterwiesen zu werden, wie sie heiliger werden könnten.*[56]     *A. W. Tozer*

Mit den großen gesellschaftlichen Umwälzungen in den 1960er-Jahren entstand die feministische Bewegung, die für die Emanzipation und Gleichberechtigung der Frau stritt. Eine Reihe von Anliegen der Feministinnen war durchaus berechtigt. Es gibt keinen Grund, warum Frauen für die gleiche Tätigkeit schlechter bezahlt werden sollten als ihre männlichen Kollegen oder bei gleicher Qualifikation nicht den gleichen Anspruch auf eine berufliche Position haben sollten wie Männer. Mit der Gleichberechtigung in Beruf und Gesellschaft endete die Agenda der Bewegung allerdings bei Weitem nicht.

Das antigöttliche Konzept des »Gender Mainstreaming« hat seine Wurzeln in der Frauenbewegung der 1980er- und 1990er-Jahre. Der aus dem Englischen stammende Ausdruck *Gender Mainstreaming* bedeutet, dass man die geschlechtlichen Merk-

---

56 Ron Eggert, *The Tozer Topical Reader II*, Christian Publications, Camp Hill, Pennsylvania, USA, 1998, S. 253-254.

male nicht mehr als von Gott gegeben akzeptieren will, sondern jeden Menschen im Laufe seiner Entwicklung freistellt, sich für ein Geschlecht oder eine sexuelle Orientierung zu entscheiden. Die göttliche Ordnung »Gott schuf den Menschen, als Mann und als Frau schuf er ihn« soll einer neuen menschlichen Ordnung weichen, die nach der Maxime lebt: »Die Evolution erschafft den Menschen, der sich das Geschlecht nach seinem Belieben wählt.«

Die Journalistin Bettina Röhl von der Zeitschrift *Cicero* beklagt: »Die Desorientierung in Sachen Sex und Gesellschaft, die jüngst wieder in den Medien thematisiert wurde, ist eine wesentliche Stütze der Gender-Mainstreaming-Theoretiker: Patchwork-Familien, temporäre Lebenspartnerschaften, Abschaffung der Monogamie und das Lockern der festen Bindungen zu den eigenen Kindern, das Revitalisieren von Sex und Liebe durch Seitensprünge – all diese Ladenhüter, mit denen die 68er sich selbst und ihre Kinder schon in den Siebzigern ausgiebigst gequält haben, tauchen da plötzlich wieder wie völlig neue Heilsbotschaften auf.«[57]

Die Pervertierung von Gottes Schöpfungsordnung, wie sie beispielsweise im Gender Mainstreaming einen traurigen Höhepunkt erreicht hat, verdeutlicht, dass alle Versuche des Menschen, für Gleichheit und Freiheit auf menschlicher Ebene zu kämpfen, kläglich scheitern müssen und im Grunde alles noch schlimmer machen, als es eigentlich schon ist. Der feministische Geist ist bis in die Theologie vorgedrungen.

Die feministische Theologie hat reflexartig alles Männliche bekämpft. Aus Gott, dem Vater, wurde eine Göttin, die Mutter.

---

57 Bettina Röhl, *Die Gender Mainstreaming-Strategie – Utopie oder Wirklichkeit?*. In: Cicero online, März 2005.
URL: http://www.cicero.de/97.php?item=581&ress_id=7 (März 2005).

Aus dem »Vater unser, der du bist im Himmel« wurde »Unser aller Mutter, die du bist im Himmel«. Und in den USA hat man gar ganze kirchliche Gesangbücher einer »geschlechtsneutralen« Revision unterziehen müssen, indem man maskuline Worte wie »Er«, »Vater« oder »Sohn« durch »Heilige Ewige Majestät« oder das »fleischgewordene Wort« ersetzte.

In der geschlechtergerechten Bibel hierzulande wurden aus den männlichen Aposteln »Apostel und Apostelinnen«. Der ehemalige Vorsitzende der Evangelischen Kirche Deutschlands (EKD), Bischof Wolfgang Huber, kritisierte, dass die Interpretation der geschlechtergerechten Bibel ein Verstoß gegen das reformatorische Schriftprinzip ist: »Gerechtigkeit ist ein zentrales Thema der Bibel. Aber man kann doch nicht unter dem Gesichtspunkt der Gerechtigkeit einen Bibeltext so verdrehen, dass etwa dort, wo eindeutig zwölf Männer gemeint sind, ›Apostelinnen und Apostel‹ geschrieben wird und der Leser den Eindruck erhält, als hätte es in diesem Kreis auch Frauen gegeben.«[58]

Aber auch im Evangelikalismus sind seit Längerem feministische Tendenzen zu beobachten. Der evangelikale Theologe Wayne Grudem hat nachgewiesen, dass der rote Faden, der sich durch die feministische Theologie zieht, die Ablehnung der Autorität der Heiligen Schrift ist und letztlich immer im theologischen Liberalismus mündet. Überdies sieht Wayne Grudem in dem Streben nach Gleichberechtigung weit mehr als lediglich die Verwerfung des biblischen Prinzips, dass der Mann das Haupt der Frau ist und dass Frauen sich das Recht erkämpfen, als Pastorinnen und geistliche Leiterinnen in den christlichen Gemeinden der Evangelikalen anerkannt zu werden, sofern dies nicht bereits geschehen ist.

---

58 Interview von Andrea Dernbach, Claudia Keller und Malte Lehming mit dem EKD-Vorsitzenden Bischof Wolfgang Huber. *Seelsorge ist auch für Terroristen da.* In: *Der Tagesspiegel*, 11.2.2007.
URL: http://www.tagesspiegel.de/politik/art771,2018226.

Grudem sieht in diesem Streben nach Gleichberechtigung etwas, »bei dem sehr viel mehr auf dem Spiel steht. Die Gleichmacherei ist in einer Abneigung und Verwerfung von alledem begründet, was das Wesen des Männlichen ausmacht. Es ist eine Antipathie gegen Männlichkeit an sich.«[59] Wer die Lehre über Gott, wie die Heilige Schrift sie offenbart, eigenmächtig verändert und aus Gott, dem Vater, »unsere Mutter, die du bist im Himmel« macht, untergräbt die Autorität der Schrift selbst, so Grudem.

In William P. Youngs Buch *Die Hütte* wird nicht nur Mack, sondern auch der Leser überrascht, dass »Gott, der Vater« als afroamerikanische Frau mit korpulenter Figur dargestellt wird, die trotz alledem als »Papa« angesprochen wird und sich erst am Ende des Buches in einen Mann wandelt. Der »Heilige Geist«, »Sarayu« (Wind), begegnet dem Leser ebenfalls als Frau in Form einer kleinen asiatischen Dame, die eine leuchtende Erscheinung hat und sehr flink ist. Einzig »Jesus« wird als ein männlicher Handwerker aus dem Nahen Osten beschrieben. Damit legt William P. Young eine »geschlechtergerechte« Trinitätslehre vor, die mit dem Zeitgeist wenig in Konflikt sein dürfte.

Was ist nun an William P. Youngs Darstellung der Trinität auszusetzen? Und gibt es triftige Argumente, warum wir Gott nicht in weiblicher Form darstellen sollten? Die Theologen Randy L. Stinson und Christopher W. Cowan haben in einem Artikel dargelegt, warum man nicht von einer weiblichen Gottheit in der Bibel sprechen kann:

1. Es gibt in der Bibel keine Schriftstelle, die Gott mit »Mutter« oder als »Sie« bezeichnet.
2. Dass die Bibel ausschließlich in einer männlichen Form von Gott spricht, war Gottes Ratschluss in seiner Selbstoffen-

---

59 Wayne Grudem, *Evangelical Feminism – A New Path to Liberalism*, Crossway Books, Wheaton, USA, 2006, S. 223.

barung an den Menschen. Das Argument, die Bibel sei in einer patriarchalischen Kultur geschrieben worden, die ein männliches Gottesbild quasi vorprogrammierte, kann man aufgrund der Tatsache entkräften, dass Israel im Laufe der Geschichte immer von Kulturen umgeben war, die männliche *und* weibliche Götter verehrten.

3. Bilder, in denen Gott mit weiblichen Eigenschaften dargestellt wird, rechtfertigen nicht, Gott als Mutter darzustellen. Auch David und Paulus werden mit Bildern in Verbindung gebracht, die typisch weiblich sind, und dennoch waren sie Männer (siehe 2Sam 17,8; 1Thess 2,7).

4. Alle femininen Metaphern in der Bibel sind *verbal* und verwenden an keiner Stelle weibliche *Substantive* wie Namen oder Bezeichnungen für Gott.

5. Die Bezeichnung »Vater« drückt etwas Reales über Gottes Wesen aus. Gott *ist* Vater.

6. Gott als »Mutter« zu bezeichnen, würde bedeuten, dass Gottes Position als Herrscher über diese Welt neu definiert werden müsste.

7. Die Lehre der Allgenugsamkeit der Schrift wird infrage gestellt, wenn Gott als »Mutter« bezeichnet wird. Gott musste sich keinem kulturellen Patriarchalismus beugen, als er sich dem Menschen offenbarte. In seiner Souveränität schenkte Gott dem Menschen die Heilige Schrift in Form und Inhalt, die zeitlos und ewig gültig sind.[60]

Gelegentlich trifft man auf das Argument, dass die Darstellung des Heiligen Geistes als weibliche »Sarayu« biblisch begründbar sei, da das hebräische Wort *ruah*[61] – Geist oder Wind – schließ-

---

60 Randy L. Stinson & Christopher W. Cowan, *How Shall We Speak of God? Seven Reasons Why We Cannot Call God »Mother«.* URL: http://www.cbmw.org/images/jbmw_pdf/13_2/god%20as%20mother.pdf.
61 Der hebräische Begriff *ruah* kommt ca. 380 Mal im Alten Testament vor und hat eine weite Bedeutung: *Wind, Geist, Hauch, Atem, Odem, Lebenskraft.* Ca. 130 Mal wird das Wort auf Gott angewendet.

lich ein feminines Substantiv sei. Wer allerdings auf einer rein grammatikalischen Ebene argumentiert, verkürzt die Auslegung der Bibel auf ein geradezu absurdes Maß. Dies wird spätestens dann deutlich, wenn man dem griechischen Wort für den Heiligen Geist im Neuen Testament begegnet; das griechische Wort *pneuma* – das ebenfalls Geist und Wind bedeutet – ist Neutrum; folglich wäre der Heilige Geist also weder männlich noch weiblich, sondern geschlechtlich neutral (ohne Geschlecht? oder zweigeschlechtlich?). Das grammatikalische Geschlecht hat nicht notwendigerweise etwas mit dem Geschlecht einer Person – in unserem Falle mit dem Geschlecht des Heiligen Geistes – zu tun!

Sowohl die Verwendung des griechischen Wortes *parakletos* (Tröster, Paraklet) für den Heiligen Geist als auch die Verwendung des Pronomens im Maskulinum im griechischen Neuen Testament weisen darauf hin, dass der Heilige Geist wie der Vater und der Sohn als männliche Person verstanden wird.[62] Vielleicht sollte man sich an diesem Punkt auch vergegenwärtigen, dass Gott im Grunde weder männlich noch weiblich ist; Gott ist auch nicht zweigeschlechtlich oder geschlechtslos, »GOTT IST GEIST« (Joh 4,24), und, obgleich er sich unserer menschlichen Vorstellung entzieht, hat Gott in seinem souveränen Willen trotz allem den Ratschluss gefasst, sich als eine *männliche* Trinität zu offenbaren, die gelegentlich weibliche

---

62 Es gibt keine Hinweise, dass die Schrift den Heiligen Geist als weibliche Person darstellt. Im Gegenteil: Alle Anhaltspunkte weisen darauf hin, dass der Heilige Geist eine männliche Person ist. Jesus sagte, dass er »einen anderen« an seiner Stelle senden würde (Joh 14,16). Das griechische Wort für »ein anderer« ist *allos* und bezeichnet *einen anderen gleicher Art*, also jemanden, der genauso ist wie Jesus. Die Pronomina, die sich auf den Heiligen Geist beziehen, stehen stets in der maskulinen Form *er* oder *der*, obwohl der Heilige Geist ein Neutrum ist (steht ein Neutrum in einem Hauptsatz, müsste ein Nebensatz grammatikalisch korrekt mit einem Pronomen im Neutrum – *es* oder *das* – eingeleitet werden). Siehe: Joh 14,26; 15,26; 16,8.13-14 (*ekeinos*), Eph 1,14 (*ho*), wo vom Heiligen Geist (Neutrum: *pneuma*) gesprochen wird und dennoch Pronomina im Maskulinum (*ekeinos, ho*) gebraucht werden.

Charakterzüge aufweist. Diese Tatsache sollte man in Ehrfurcht vor Gottes Wort schlicht akzeptieren. »Füge zu seinen [Gottes] Worten nichts hinzu, damit er dich nicht überführt und du als Lügner dastehst!« (Spr 30,6).

Vermutlich hätten die Menschen der damaligen Kultur eine Diskussion über das Geschlecht Gottes, wie sie in unserer modernen Welt geführt wird, überhaupt nie begonnen. Hinter der ganzen Debatte über die Frage der Geschlechtlichkeit Gottes steht in der Tat mehr als nur der Wunsch nach Gleichberechtigung, Geschlechtergerechtigkeit oder gar das Anliegen einer exakten Bibelübersetzung. Dahinter verbirgt sich und agiert ein Geist, der eine antigöttliche Agenda vorantreibt und gegen Gott rebelliert. In vielen Religionen werden Göttinnen verehrt, die mit den Motiven der Fruchtbarkeit, der Mutterschaft, aber auch der Sexualität in Verbindung gebracht werden.

Vom 4.-7. November 1993 wurde im US-amerikanischen Minneapolis eine ökumenische *Re-imagining Conference 1993* (eine Konferenz, die über neue Gottesbilder diskutierte) veranstaltet. An der Konferenz nahmen 2000 Frauen aus 27 Ländern und 15 »christlichen« Kirchen teil. Traditionelle Lehren wie die Gottheit Christi oder der Sühnetod Jesu wurden verworfen. Stattdessen traf man auf dieser Konferenz auf Pantheismus, New Age, gnostische Lehren, radikalen Feminismus, Okkultismus, Schamanismus, Hexentum – und auf Sophia, die Göttin der Weisheit und Urheberin der Schöpfung.

Die Teilnehmerinnen der Konferenz nahmen an einem abschließenden Abendmahlsgottesdienst teil, wo Brot und Wein durch Milch und Honig ersetzt wurden. Die Gebete wurden an »Unsere Schöpferin, Sophia« gerichtet. Eine Vorsängerin führte das Lob »Gottes« an mit den Worten: »Unsere Mutter Sophia, wir sind Frauen in deinem Ebenbild«, und die versammelte Gemeinde antwortete mit dem Refrain: »Sophia, Schöpfer Gott, lass deine

Milch und deinen Honig fließen. Sophia, Schöpfer Gott, überschütte uns mit deiner Liebe.« Dann fuhr die Vorsängerin fort: »Unsere liebliche Sophia, wir sind Frauen in deinem Ebenbild; mit Nektar an unseren Hüften laden wir einen Geliebten ein, gebären wir ein Kind; mit unserem warmen Leib erinnern wir die Welt an Behaglichkeit und Gefühle des Glücks.«[63]

War die evangelikale Bewegung bis Ende der 1980er-Jahre von einem feministischen Geist, wie er in der oben erwähnten ökumenischen Konferenz sehr eindrücklich zutage trat, verschont geblieben, sollte sich das in den 1990er-Jahren mit dem Auftreten der Emerging Church innerhalb des Evangelikalismus ändern. Sex, Sinnlichkeit und die weibliche Seite Gottes waren plötzlich ein Thema, das die Vertreter der Emerging Church aus der Vergessenheit holten, um es dem postmodernen Christen nahezubringen.

Julie Clawson, eine Pastorin der Emerging-Church-Bewegung, glaubt sogar, dass wir aus Gott einen Götzen machen, wenn wir Gott als Vater und Mann betrachten, und dass »eine Sprache, die von Männlichkeit dominiert ist, nicht nur beinhaltet, dass Frauen nicht in Gottes Ebenbild geschaffen wurden, sondern dass man Gott auch begrenzt«.[64] Rob Bell, prominenter Autor und Pastor der Emerging Church, plädiert ebenfalls dafür, die feminine Seite Gottes besser kennenzulernen, und er ist ferner der Ansicht, dass wir endlich die östliche Religion im Christentum wiederentdecken sollten.

Die Argumentation dieser femininen Agenda wird geschickt geführt. Wenn Gott weder männlich noch weiblich ist, warum soll-

---

63 BRF Witness, *Paganism at the Re-imagining Conference in Minneapolis* (1993). Mai/
Juni 1994. URL: http://www.brfwitness.org/Articles/1994v29n3.htm.
Craig Branch, *Re-imagining God*.
URL: http://www.watchman.org/reltop/reimagin.htm.
64 Julie Clawson, *The Feminine Side of God*. URL:
http://www.theporpoisedivinglife.com/porpoise-diving-life.asp?pageID=386.

ten wir ihn als einen vorwiegend männlichen Gott darstellen? Da viele der Protagonisten der Emerging Church gut ausgebildet und theologisch versiert sind, fällt es ihnen leicht, ihre Zuhörer mit ihren Darlegungen in den Bann zu ziehen. Doch bei genauerem Hinsehen wird schnell deutlich, wie unbiblisch und unhaltbar ihre Argumente sind. Paulus warnte die Kolosser davor, sich den »Elementen der Welt« und »Lehren der Menschen«, die einen »Schein von Weisheit« haben, zu unterwerfen (Kol 2,20-23). Nichts anderes, wovor Paulus die Kolosser einst warnte, geschieht hier und heute im modernen Evangelikalismus.

Rob Bell argumentiert beispielsweise in seiner *Nooma*-Video-Reihe, dass das hebräische Wort für Barmherzigkeit *raham* auch für *Schoß* oder *Mutterleib* steht und folgert irrtümlicherweise: »Gott ist barmherzig. Gott ist einem Schoß (oder Mutterleib) ähnlich. Dies ist ein feminines Bild für Gott.« Was sich für den Laien gut und plausibel anhören mag, ist für jeden Hebräisch-Gelehrten sofort als falscher Befund ersichtlich. Die Worte »Barmherzigkeit« (*rahamim, rahum*) und »Schoß« oder »Mutterleib« (*rehem*) gehen zwar auf das gleiche hebräische Wurzelwort *raham* zurück, sind aber **nicht** identisch! Die Bedeutungen der verschiedenen Worte einfach willkürlich auszutauschen und Ersteres in Letzteres oder Letzteres in Ersteres hineinzulesen, ist schlichtweg Verdrehung der Wahrheit (siehe Spr 30,6).[65]

Rob Bell schrieb 2008 das Buch *Sex God: Exploring the Endless Connections between Sexuality and Spirituality* [deutsche Ausgabe: *Sex. Gott: Worum es eigentlich geht* (Brunnen Verlag, 2009). Der englische Buchtitel gibt eindeutiger als der deutsche Titel vor, was das Buch bezwecken will: *Die unendlichen Verbindungen zwischen Sexualität und Spiritualität*. In den östlichen

---

65 Eine ausführliche Rezension zu den *Nooma*-Videos von Rob Bell hier: Christopher W. Cowan, *Robb Bell's Feminine Images for God: A Review of Rob Bell, Nooma: »She.«* URL: http://www.cbmw.org/Journal/Vol-14-No-1/Rob-Bell-s-Feminine-Images-for-God.

Religionen und im Pantheismus (Gott ist in allem und alles ist Gott) gilt Sexualität als eine spirituelle Erfahrung, die die Seele des Menschen in die Einheit mit Gott und dem gesamten Universum führen kann. Das New Age hat dieses Gedankengut in ihren Grundzügen übernommen.

Rob Bell folgt im Grunde der östlichen Philosophie, wenn er Sexualität als etwas definiert, das die Kraft des göttlichen Lebens in sich birgt. Damit folgt er der Vorstellung, das Praktizieren von Sexualität stelle eine Verbindung oder eine Nähe mit dem Göttlichen her. Während viele weibliche Gottheiten mit den Bildern von Fruchtbarkeit, Sexualität und Erotik gepaart sind, steht das maskuline, biblische Gottesbild eindeutig im Gegensatz hierzu. Überdies liefert keine Bibelstelle des Alten wie des Neuen Testaments einen Hinweis darauf, dass Sexualität eine spirituelle oder geistliche Aktivität sei.

Gleichwohl ist die Bibel weder leib- noch sexualitätsfeindlich, aber sie verortet Sexualität in der Heiligkeit der auf Treue ausgerichteten ehelichen Beziehung zwischen Mann und Frau. Bereits im Judentum galt Sexualität außerhalb der Ehe als unerlaubt, und damit unterschied sich die jüdische Gesellschaft von allen heidnischen Nationen, die sie umgaben. Das jüdische Gebot der sexuellen Reinheit war in der damaligen Welt etwas ganz Neues und geht bis auf die Schöpfungsgeschichte von Adam und Eva zurück – es ist ein Schöpfungsgebot Gottes.

Auf die widergöttlichen Ziele des Gender Mainstreaming wurde zu Beginn des Kapitels bereits hingewiesen. Die menschliche Gesellschaft rebelliert heute gegen jegliches Gebot Gottes. Sexualität zwischen Mann und Frau in der Ehe ist heute der Vorstellung von »Sexualitäten« gewichen. Sexualwissenschaftler sprechen vom Ende der Monosexualität. Stattdessen bestehen heute Sexualitäten in der Mehrzahl. Heute existieren nicht nur hetero- oder gleichgeschlechtliche Partnerschaften, sondern es gibt darüber hinaus auch multisexuelle und transsexuelle Lebensformen sowie Kombinationen dieser Lebensformen, ganz wie es dem Menschen beliebt.

Es ist wohl kein Zufall, dass es seit den 1960er-Jahren parallel zur feministischen Theologie und der Renaissance östlicher Lehren in der New-Age-Bewegung dazu gekommen ist, dass weibliche Gottheiten oder Göttinnen wieder in den Vordergrund der Spiritualität rückten – und damit auch der Bezug zur Sexualität. Nach der Bibel ging der Mensch nicht aus einem spirituellen Zeugungsakt aus einer womöglich weiblichen Gottheit hervor. Gott *zeugte* den Menschen nicht, sondern Gott *schuf* den Menschen *durch sein Wort*.

Die Feminisierung des Glaubens scheut sich nicht nur vor der Verwerfung des biblischen Gottesbildes, wonach die Trinität Gottes als drei männliche Personen dargestellt wird, sondern sie nimmt obendrein östliches und New-Age-Denken in ihre Vorstellungen auf. Sexualität ist etwas Gutes, weil sie von Gott geschaffen ist, aber Sexualität beschränkt sich aus biblischer Sicht auf die leiblich-seelische Ebene zwischen zwei Menschen und kann niemals eine spirituelle Verbindung mit Gott herstellen.

Rob Bell mit seinen Anschauungen stellt im Evangelikalismus keine Ausnahme dar. Linksliberale Vertreter der Emerging Church wie Brian McLaren, der gleichgeschlechtlicher Sexualität gegenüber offen ist und für ein Moratorium (Übereinkunft, eine bestimmte Streitfrage zurückzustellen) in dieser Frage plädiert, und Doug Pagitt, der in anderen Religionen eine Bereicherung sieht und in seiner Gemeinde Yoga anbietet, streiten seit Jahren für eine *Neue Spiritualität* unter den Evangelikalen – und eine neue Sexualethik.

Während die großen protestantischen Kirchen und Denominationen seit Jahrzehnten in der Frage gleichgeschlechtlicher

Partnerschaften unterschiedliche Auffassungen vertreten, die von Ablehnung über stillschweigende Duldung (trotz Vorbehalten) bis zu Akzeptanz gehen, traten die Evangelikalen bis in die 1980er-Jahre in der Regel geschlossen gegen gleichgeschlechtliche Partnerschaften auf und begründeten dies mit ihrer Bindung an das biblische Gotteswort. Mit dem Erscheinen der Emerging Church in den 1990er-Jahren änderte sich dies.

Wie weit der Evangelikalismus sich dem Liberalismus schon geöffnet hat, wird in einem Artikel von Eric Gorski im Dezember 2009 deutlich. Der Reporter berichtet, wie Mark Tidd, Pastor der evangelikalen *Highlands Church*, als einer der ersten »Evangelikalen« ein Tabu brach. In seiner Gemeinde, die das Apostolische Glaubensbekenntnis anerkennt, sind Menschen mit jeder sexuellen Vorliebe willkommen – *»queer« people*. »Queer« ist im Englischen der Ausdruck für Homosexuelle, Lesben, Bisexuelle und Transsexuelle (Personen, die sich mit ihrem Geschlecht nicht identifizieren können oder sich einer Geschlechtsumwandlung unterzogen haben); sie alle sehen ihre sexuelle Orientierung als von Gott gegeben an.

Eric Gorski schreibt: »Da jüngere Evangelikale und breite Gesellschaftsschichten eine größere Akzeptanz für Homosexualität zeigen, ist zu erwarten, dass sich die evangelikalen Gemeinden zumindest eingehender mit dieser Thematik auseinandersetzen werden.«[66] Weiter erläutert Gorski: »Tidd sagte, dass die *Highlands Church* keine Gemeinde ist, die sich nur auf ein Thema konzentriert, sondern die sich der sozialen Gerechtigkeit verpflichtet fühlt. Er beschreibt seine Gemeinde als ›radikal inklusivistisch, aber dennoch gegründet in den Fundamenten des Evangeliums.‹«[67] Bibelverse, die Homosexualität verurteilen,

---

66 Eric Gorski, *Evangelical Church Opens Doors Fully to Gays*. WJBK Fox2, 20.12.2009. URL: http://www.myfoxdetroit.com/dpp/news/dpg-Evangelical-Church-Opens-Doors-Fully-to-Gays-mb-2009122012613235011531.
67 Ebd.

sieht der »evangelikale« Pastor Tidd lediglich als Hinweis auf heidnische Sexualpraktiken oder sexuellen Missbrauch.

Wayne Grudem kommt in seinem Buch *Evangelical Feminism – A New Path to Liberalism?* (Evangelikaler Feminismus – Ein neuer Weg in den Liberalismus?) zu dem Schluss, dass »die Akzeptanz von Homosexualität der letzte Schritt auf dem Weg in den Liberalismus ist«[68] und dass dies letztlich der Verwerfung der Autorität der Heiligen Schrift gleichkommt.[69] In seiner Studie weist Grudem Einflüsse feministischer Theologie in reformierten, methodistischen und baptistischen Denominationen ebenso nach wie im einflussreichen neoevangelikalen Magazin *Christianity Today*. Im Grunde führt der Weg über den Feminismus (einer Ablehnung alles Männlichen) in den Liberalismus und letztlich in eine neue unbiblische Sexualethik.

Das Buch *Die Hütte* mag auf den ersten Blick nicht unter den Verdacht geraten, eine neue Sexualethik anbieten zu wollen. Wer dagegen die Entwicklungen der letzten Jahrzehnte mit einem wachsamen Blick verfolgt hat, dem können die Ähnlichkeiten von William P. Youngs Buch mit der gegenwärtigen feministischen Spiritualität und den damit verbundenen Trends nicht verborgen bleiben. Die feministische Spiritualität – sowohl die christliche wie die des New Age – betont Gefühl und spirituelle Erfahrung, definiert Sünde um, strebt nach der universellen Einheit von Gott, Mensch und Kosmos und ist gegenüber der traditionellen christlichen Kirche und der Bibel kritisch eingestellt. Diese Merkmale finden sich teilweise unterschwellig teilweise ganz unverhohlen mehrfach in William P. Youngs Buch *Die Hütte*.

Nicht zuletzt spielt die Darstellung der Trinität in William P. Youngs Buch als vorwiegend weibliche Gottheit diesem femi-

---

68 Wayne Grudem, *Evangelical Feminism – A New Path to Liberalism?*, Crossway Books, Wheaton, USA, 2006, S. 249.
69 Ebd., S. 261-263.

nistischen Trend in die Hände. Bilder und Geschichten können unter Umständen Botschaften effektiver und einprägsamer vermitteln als Worte allein. Wer dem relativistischen und harmoniebedürftigen Geist sowie der Antipathie gegen das traditionelle biblische Christentum, auf die man in dem Buch *Die Hütte* latent trifft, Raum gibt, dürfte ein leichtes Opfer für die unbiblische Sexualethik der *Neuen Spiritualität* werden.

Der evangelikale Glaube ist dabei, sich neu zu erfinden. Das evangelikale Denken wird immer mehr von Prinzipien und Auffassungen bestimmt, die der Wahrheit der Bibel widersprechen. Die Feminisierung des Glaubens führt die Menschen nicht näher an Gottes Wort, sondern verstrickt sie in ein Netz mystischer Vorstellungen einer menschengemachten Spiritualität, die den Menschen selbst statt Gott in den Mittelpunkt rückt. Damit verbunden ist ein neues Gottesbild sowie die Veränderung des »Bildes der Lehre«, dem wahre Christen übergeben worden sind (Röm 6,17).

Über den Versuch, das ewige Evangelium verändern zu wollen, und über die Gleichgültigkeit, für die ewigen Wahrheiten des Evangeliums zu streiten, schrieb Spurgeon: »Glauben die Menschen wirklich, dass es für jedes Jahrhundert ein Evangelium gibt? Oder eine Religion für alle 50 Jahre? Wird es im Himmel Heilige geben, die durch eine Vielzahl von Evangelien errettet wurden? … Es wird als reine Bigotterie empfunden, wenn man heute gegen diesen törichten Geist protestiert, der sich unter uns frei entfaltet. Wie die Flut erhebt sich eine allgemeine Gleichgültigkeit, wer kann sie stoppen? Wir sollen alle eins werden, obgleich wir in nichts mehr übereinstimmen. Den Irrtum zu kennzeichnen, gilt als Bruch der brüderlichen Liebe. Es lebe die heilige Wohltätigkeit! Schwarz ist weiß, und weiß ist schwarz; das Falsche ist wahr, und das Wahre ist falsch.«[70]

---

70  C. H. Spurgeon, *The Down-Grade Controversy*, BiblioBazaar, 2008, S. 83.

Im Umgang mit jenen Christen, die von den Wahrheiten des Evangeliums abirrten, gab es für Spurgeon nur einen Weg: »Auf jeden Fall – koste es, was es wolle – sind wir nicht nur frei, uns von denen zu trennen, die sich von der Wahrheit Gottes entfernen, sondern es ist unsere Pflicht, dies zu tun … Ich bin bereit, alleine zu stehen, bis der Herr das Verborgene des Herzens richten wird.«[71]

---

71  Ebd., S. 115.

# Kapitel 6
# Über Fraktale, Quanten
# und wie viel π der Mensch braucht

*Unsere wunderbare Welt wird für ihren rechtmäßigen Besitzer wiederhergestellt werden. Ich freue mich auf diesen Tag. Ich will hier leben, wenn Christus über die Welt herrscht. Bis zu dieser Stunde wird es Konflikte, Leid und Kriege unter den Nationen geben. Wir werden von Leid, Terror, Furcht und Versagen hören. Aber der Gott, der eine bessere Welt versprochen hat, ist der Gott, der nicht lügen kann. Er wird Satans Macht über dieser Welt brechen. Unser himmlischer Vater wird diese Welt dem übergeben, dessen Hände einst für uns stolzen und gottfernen Sünder am Kreuz durchbohrt wurden. Es ist Fakt: Jesus Christus wird auf die Erde zurückkehren.[72]*                     *A. W. Tozer*

Das 6. Kapitel des Buches *Die Hütte* lautet »Ein Stück von π«. Die Zahl π (Pi) beschreibt das Verhältnis des Umfangs eines Kreises zu seinem Durchmesser; diese irrationale Zahl Pi = 3,141... ist unendlich lang und wird auch als transzendente Zahl bezeichnet. Der derzeitige Rekord der Berechnung der Dezimalstellen liegt bei 2,7 Billionen (Januar 2010), und da die Dezimalstellen unendlich sind, wird man nie ein Ende finden, sie zu berechnen. William P. Young wollte gewiss keine Mathematikstunde erteilen, als er sich für diesen Titel seines 6. Kapitels entschied. Wahrscheinlich wollte er damit ausdrücken, dass jeder von uns ein Teil dieser unendlichen Schöpfung ist, in welcher der allmächtige Gott sich auf »unsere menschliche Ebene begibt und sich Grenzen auferlegt« (S. 100) – so das Zitat von Jacques Ellul zu Beginn des Kapitels »Ein Stück von π«.

---

72 Ron Eggert, *The Tozer Topical Reader II*, Christian Publications, Camp Hill, Pennsylvania, USA, 1998, S. 178.

Der unendliche Gott begrenzt sich und wird zu Immanuel, Gott mit uns. »Papa« verdeutlicht Mack dies anhand eines Vogels, der geschaffen wurde, um zu fliegen. Als Gott sich aufmachte, in »Jesus« als begrenzter Mensch auf diese Erde zu kommen, glich er einem Vogel, der sich für eine Zeit und freiwillig entschied, nicht mehr zu fliegen. Der Mensch, erschaffen, um von Gott geliebt zu werden, sollte ursprünglich an Gottes Fülle teilhaben. Doch der Sündenfall Adams zerstörte das Werk Gottes und schuf die Begrenzungen des Menschen. Kehrt der Mensch zu Gott um, wird er frei von seinen Begrenzungen, frei, um zu fliegen. »Liebe ist nicht Begrenzung. Liebe ist das Fliegen. Ich bin Liebe« (S. 115), so »Papa«.

Nach dem Sündenfall Adams entschloss sich Gott, diese Welt nicht sich selbst zu überlassen, sondern sich »mitten hinein in das Durcheinander zu begeben« (S. 112) und die Schöpfung wiederherzustellen. In diesem Prozess der Wiederherstellung, so »Papa«, muss Mack das Leben »Papas« in »Jesus« erkennen: »… und wenn es dir scheint, dass er [Jesus] fliegt, dann fliegt er wirklich. In Wahrheit aber siehst du mich – mein Leben in ihm« (S. 114). Das ist das wahre Menschsein Jesu, und »Papa« gibt Mack zu verstehen, dass jeder das göttliche Leben »Papas« auf diese Weise ausleben sollte.

Das sechste Kapitel verschweigt – wie der Rest des Buches – die Realität, dass diese gefallene Welt gerichtsreif ist und nur durch Gottes Gericht hindurch zum Heil erneuert werden kann. Das Buch der Offenbarung schildert das Gerichtswirken bis zum endgültigen Triumph Gottes und einem neuen Himmel und einer neuen Erde mit drastischen Worten. William P. Youngs Buch hingegen hat eine andere Botschaft. Wenn alle Menschen erkennen, dass sie dazu erschaffen wurden, geliebt zu werden und sich gegenseitig zu lieben, dann würde die Welt in ein Paradies verwandelt.

Diese Botschaft enthält insofern ein Körnchen Wahrheit, weil dies tatsächlich einmal so sein wird, aber sie verschweigt, dass die Neuwerdung der Schöpfung erst durch das Gerichtshandeln Gottes entstehen kann. Wie die biblische Lehre von Erlösung, Sünde, Gericht, Zorn Gottes im Buch *Die Hütte* verändert wurde, ist bereits eingehend nachgewiesen worden. Wer alles durch das eine Auge der unendlichen Liebe Gottes sieht und auf dem anderen Auge der Heiligkeit und Gerechtigkeit Gottes blind ist, verzerrt die Wahrheiten der Bibel bis zur Unkenntlichkeit.

Will William P. Young die Welt verbessern und in einen besseren Ort umgestalten, der von der Liebe Gottes regiert wird? Glaubt er, dass die Menschen nur die Liebe Gottes erkennen müssen, um »fliegen« zu können, d. h. um sich über ihr Menschsein auf eine höhere göttliche Ebene zu erheben? Ist diese Variante der christlichen Religion, die sein Buch propagiert, nicht der urchristlichen Gnosis vergleichbar? Die Gnosis, die von den Christen in den ersten Jahrhunderten als häretisch abgelehnt wurde, lehrte, dass der »Lichtfunke« oder »göttliche Funke« im Menschen durch den Sündenfall sich weit von seinem Schöpfer entfernte und von nun an in der Finsternis verweilen musste. Die Gnostiker glaubten, dass sie die Erlösung des Selbst durch die Erkenntnis des Ursprungs der eigenen Herkunft erlangen konnten.

In diesem gnostischen Heilsweg spielte Sophia – die Weisheit – eine besondere Rolle. »Bei den Gnostikern ist Sophia der Heilige Geist, Ruach, und in einem alten Evangelienbruchstück nennt Jesus den Heiligen Geist (der auf Hebräisch Femininum ist) seine Mutter … Die Gnostiker ließen Sophia und Christus eine unlösbare Einheit mit dem irdischen Jesus eingehen (Pistis Sophia). Bei ihnen ist die Rede von einer Göttin, Sophia, die von bösen Geistern gefangen gehalten und von ihrem Bruder, Christus, der sie heiratet, befreit wird. Mutter und Tochter sind in den Mysterien in der Regel Varianten derselben Gestalt. In der ursprünglichen Gnosis ist Sophia die Vorläuferin der Mutter Gottes. Die gefangene Natur- und Himmelskönigin wird als Mutter, Schwester und Geliebte Christi aufgefasst.«[73]

Eigenartigerweise tritt auch in William P. Youngs Buch neben den drei Personen der Trinität eine weitere weibliche Person namens Sophia auf! Sophia hält sich unweit der Hütte auf und wird als nahezu allwissende Richterin dargestellt (S. 179ff.). Mack begegnet Sophia im Berg, in »dem völlige Schwärze herrschte« (S. 173). Mack wird, gleich den Gnostikern, von Sophia aus der Finsternis in das göttliche Licht geführt. »Mack zuckte zusammen, als das Licht sich plötzlich in einem Punkt bündelte, und in diesem Lichtstrahl sah Mack *sie* [Sophia]. Hinter dem Tisch, auf einer Art Richterstuhl mit hoher Lehne, saß eine große, schöne, olivhäutige Frau mit fein geschnittenen Gesichtszügen« (S. 175).

Mack erfährt von »Jesus« erst nach seiner Begegnung mit Sophia, dass sie »eine Verkörperung von Papas Weisheit ist« und »Teil des Geheimnisses ist, das Sarayu umgibt« (S. 196). Wir erinnern uns: Bei den Gnostikern ist Sophia der weibliche Heilige Geist Ruach. William P. Young nennt Sophia einen Teil der weiblichen »Sarayu«, die den »Heiligen Geist« symbolisiert. Mack soll die Geheimnisse der Trinität Gottes verstehen, die in einem ewigen Kreislauf der gegenseitigen Liebe aufgeht. Der Kreis war in vielen Kulturen der Antike ein Symbol für Gott, und unter Geometrie verstand man mehr als reine Arithmetik. Geometrie verhalf dem Eingeweihten, die tiefen Geheimnisse des Universums und seines Schöpfers zu verstehen.

Die Pythagoreer waren von ägyptischen Priestern unterwiesen worden, dass Gott eine Zahl ist. In der Baukunst der Ägypter konnte man die Zahl Pi ebenso nachweisen wie in der mittelalterlichen Alchemie, die sich auf ägyptische Traditionen berief. Kabbalisten spekulieren, dass Pi die Allmacht verleihen-

---

73 Georg Brandes, *Urchristentum*, Erich Reiss Verlag, Berlin, S. 20-21.

de 137-stellige »Zahl Gottes« ist, und unter Freimaurern und Okkultisten des New Age gilt Pi als geheimnisvolle kosmische Zahl. Esoteriker glauben in π das Tor (*pylon*) zu erkennen, durch das man von der natürlichen in die übernatürliche Welt zu schreiten vermag.

William P. Young hat gewiss nicht an die reiche Zahlensymbolik der Zahl Pi in der Antike gedacht, als er sich für die Überschrift seines Kapitels entschied. Und bei dem Leser des vorliegenden Buches soll keineswegs der Eindruck entstehen, als wolle der Autor William P. Young zu einem Kabbalisten oder Freimaurer abstempeln. Eine Gefahr allerdings ist in diesem in mancher Hinsicht mystischen Buch *Die Hütte* durchaus gegeben. Da das Buch Erfahrungen und Gefühle stark betont und immer wieder auf Begriffe zurückgreift, die auch im New Age Verwendung finden (Pi, Fraktale, Quanten), setzt es einen Trend, der Menschen sehr leicht auf eine falsche, esoterische Fährte führen kann.

Wie leicht christliche Mystiker einem gnostischen Weltbild verfallen können, verdeutlichen die Visionen der katholischen Mystikerin Hildegard von Bingen (1098 – 1178). In ihrem Buch *Von den Werken des einfältigen Menschen* beschreibt sie ihre Visionen. Hans Leisegang schreibt:»Der Christus aber wird von Hildegard mit Wesenszügen ausgestattet, die vom Neuen Testament in das Gebiet der Gnosis hinüberweisen. Er wird von ihr bezeichnet als die höchste feurige Kraft, die alle Funken des Lebens entzündet, als das feurige Leben der Substanz der Gottheit ... Das Weltall selbst, das er mit seinem Leben durchdringt, wird ein Rad genannt.«[74]

Und weiter führt Leisegang aus: »Vor allem hat Hildegard den Wesenszug des gnostischen Weltbildes erhalten, der es vom christlich-kirchlichen unterscheidet: Die Abriegelung der irdi-

---

74  Hans Leisegang, *Die Gnosis*, Alfred Kröner Verlag, Stuttgart, 1985, S. 21-22.

schen Welt nach oben durch den dunklen Feuerkreis …, der den Menschen den Zugang zur überhimmlischen Welt, zum außerweltlichen Gott und seinem Sohn verwehrt.«[75] Erinnert der dunkle Feuerkreis nicht auch an die »völlige Schwärze« (S. 173), die Mack überwinden muss, um in die Gegenwart von Sophia zu gelangen, die mit Licht und »Heiligem Geist« in Verbindung gebracht wird?

Wer die vielen Bilder und Metaphern des Buches *Die Hütte* in sich aufnimmt und auf sich wirken lässt, ist stärker als der biblisch Orientierte gefährdet, zu einem Opfer verführerischer Visionen oder vermeintlicher »Geisterfahrungen« zu werden und sich selbst in falscher Sicherheit zu wiegen, das alles sei von Gott. Endlich, so mag er sich irrtümlicherweise vormachen, habe er den trockenen Glauben hinter sich gelassen, um in eine »lebendige« Beziehung mit Gott einzutreten.

Wer unbedingt die Gegenwart Gottes »erleben« will, wer auf jeden Fall eine Beziehung mit Gott »erfahren« will und sich nach der Lektüre des Buches von William P. Young nach mehr als *nur* der Bibel und nach mehr als *nur* dem Wandel im Glauben an Gottes Wort nach einem Weg des mystischen Schauens und Erlebens ausstreckt, folgt nicht mehr dem biblischen Jesus, dem fleischgewordenen Wort (Joh 1,1-3; 2Kor 11,4). Wie viel $\pi$ braucht der Mensch? Wie viel Mystik ist erlaubt, um nicht vom Weg der Wahrheit abzuirren? Und führt die sich ausbreitende Erfahrungsreligiosität den Glaubenden wirklich in die Nähe Gottes?

Der Hebräerbrief unterweist seine Empfänger mehrfach darin, wie man nach Gottes Ratschluss in die Gegenwart Gottes kommt:

*»Lasst uns nun mit Freimütigkeit hinzutreten zum Thron der Gnade, damit wir Barmherzigkeit empfangen und Gnade finden zur recht-*

---

75  Ebd., S. 24.

*zeitigen Hilfe! … Daher kann er die auch völlig retten, die sich durch*
*ihn Gott nahen, weil er immer lebt, um sich für sie zu verwenden … So*
*lasst uns hinzutreten mit wahrhaftigem Herzen in voller Gewissheit*
*des Glaubens, die Herzen besprengt und damit gereinigt vom bösen*
*Gewissen und den Leib gewaschen mit reinem Wasser.«*

Hebräer 4,16; 7,25; 10,2

Gott zu nahen, mit Gott in eine Beziehung zu treten, geschieht
gemäß der Schrift nicht dadurch, dass der Gläubige Erfahrungen sucht oder Visionen empfängt, sondern dass er erkennt und
glaubt, was Gott in Christus für ihn getan hat. Der wahre Glaubende wandelt durch den Glauben und nicht durch Schauen.
Durch Glauben aus Gnade schenkt Gott dem Menschen das Heil.
Der Nachfolger Christi weiß, dass er ein Sünder war und dass nur
ein heiliger Gott ihn erlösen konnte. Jesus hat für den Erlösten
den Weg bereitet, damit er allezeit Zugang zum Thron des Vaters
hat. Der Glaubende naht Gott aufgrund dessen, was Christus für
ihn getan hat, und nicht, weil er eine besonders enge Beziehung
zu Gott pflegt oder mystische Erfahrungen mit Gott erlebt.

An einer Stelle des Buches *Die Hütte* wird berichtet, wie Macks
Distanziertheit in sich zusammenbrach. Mack betrachtete den
wunderschönen Garten, und »Sarayu« erklärte ihm: »… dieser Garten ist deine Seele. Dieses Durcheinander bist *du*! … Und
dein Garten ist wild und schön und vollkommen in seiner Entwicklung. Dir mag das alles wie ein Durcheinander vorkommen,
aber ich sehe hier ein perfektes, lebendiges Muster sich entwickeln, wachsen und gedeihen – ein lebendiges **Fraktal**« (S. 158).

Benoit B. Mandelbrot hat im Jahre 1967 den Begriff des **Fraktalen** geprägt. Fraktale bezeichnen Gebilde, die ein hohes Maß
an Selbstähnlichkeit aufweisen. Dies lässt sich gut anhand eines
Blumenkohls oder einer Zwiebel veranschaulichen. Die zer-
klüftete Oberfläche eines Blumenkohls begegnet dem Betrach-
ter sowohl aus der Distanz als auch, wenn er immer näher an die

Oberfläche heranzoomt, selbst noch mithilfe eines Mikroskops, als sehr ähnlich. Oder wer die äußere Schale der Zwiebel entfernt, trifft auf die nächste Schale mit gleicher Struktur. Wenn er auch diese entfernt, begegnet er dem immer nahezu gleichen Erscheinungsbild, bis er letztlich zum Kern der Zwiebel vorgedrungen ist, aus der sich die ganze fraktale Struktur entwickelt.

Fraktale sind eng mit der Chaostheorie verbunden, die versucht, die komplexen Vorgänge in der Welt zu beschreiben und vorherzusagen. Es scheint, als greift William P. Young auf die Chaostheorie und die Welt der Fraktale zurück, wenn er über Mack sagt, dass er ein »Durcheinander« – ein Chaos – ist, aus dem Gott »ein lebendiges Muster« – ein Fraktal – zur Entfaltung bringt. Der Gedanke dahinter: Im Kern ist der Mensch göttlich, und diese Göttlichkeit muss lediglich zur Entfaltung gebracht werden. Auf diese Lehre, die mit dem biblischen Menschenbild unvereinbar ist, trifft man bei vielen christlichen Mystikern. Der katholische Mystiker Angelus Silesius schreibt beispielsweise in seiner Schrift *Der Himmel ist in dir*: »Gleich wie die Einheit ist in einer jeden Zahl, so ist auch Gott, der Ein, in Dingen überall. Im Eins ist alles eins: kehrt zwei zurück hinein, so ist es wesentlich mit ihm ein einiges Ein. Gott ist von Anbeginn der Bildner aller Dinge und auch ihr Muster selbst; drum ist ja keins geringe.«

Auch die Gnostiker glaubten, dass der Geist aus dem Chaos eine göttliche Ordnung schaffen würde. Simon Magus, möglicherweise identisch mit der Person Simon des Magiers in der Apostelgeschichte 8,9-25, war einer der ersten gnostischen Häretiker des Urchristentums. Er lehrte, dass die Trinität aus Gottvater, Gottmutter und Gottsohn Welt und Menschheit wieder zu ihrem Ursprung zurückführen wird. Die christliche Urgemeinde verwarf Simon Magus auch, weil er die Selbstvergottung des Menschen lehrte, eine Lehre, die im Grunde allen Mystikern zugrunde liegt und den östlichen Religionen als selbstverständlich gilt.

Vor dem Streben nach Vergöttlichung des Menschen, das in der Antike weitverbreitet war, warnt die Bibel eindrücklich, wie aus der Apostelgeschichte des Lukas ersichtlich wird. Lukas berichtet, wie Herodes Agrippa sich als Gott verehren ließ und dies mit seinem Leben bezahlte (Apg 12,21-23). Auf Malta sagten die Menschen von Paulus, als er von einer Giftschlange gebissen wurde und keine körperlichen Symptome einer Vergiftung aufwies, dass er ein Gott sei (Apg 28,6), und als Paulus den Gelähmten in Lystra heilte, wollten die Menschen ihn zum Gott machen (Apg 14,11). Paulus wusste aber nur zu gut, dass er kein Gott oder Gott-Mensch war, als er der Volksmenge und den Priestern des Zeustempels, die ihn und Barnabas als Götter verehren wollten, zurief: »Männer, warum tut ihr dies? Auch *wir* sind Menschen von gleichen Empfindungen wie ihr« (Apg 14,15). Weiter berichtet Lukas, dass es Paulus und Barnabas etliche Mühe kostete, die aufgewühlte Menge zu beruhigen: »Und als sie dies sagten, beruhigten sie mit Mühe die Volksmengen, dass sie ihnen nicht opferten« (Apg 14,18).

Der Verfasser der Apostelgeschichte, Lukas, erwähnt all diese Ereignisse, weil er unterstreichen wollte, dass der in Christus erlöste Mensch kein Gott-Mensch ist! Paulus war sich immer bewusst, dass er nur »ein irdenes Gefäß« (2Kor 4,7) war und dass bis zur Verherrlichung und Enderlösung des Leibes auch der Nachfolger Christi seine gefallene Natur in sich trug. Damit war für die ersten Christen klar, dass sie die Gnostiker abweisen mussten, die von einer Entfaltung des Göttlichen im Menschen sprachen.

Auch Rick Warren, der populäre Autor des sehr erfolgreichen Buches *Leben mit Vision*, erkennt die Gefahren der christlichen Mystik nicht und empfiehlt die Lektüre katholischer Mystiker. Er zitiert beispielsweise den Mystiker Bruder Lorenz und unterstützt kontemplative Gebetsmethoden, die er als »hilfreich« betrachtet. Rick Warren wirbt außerdem für das »Atemgebet«, bei dem man sich auf ein Wort oder einen Satz konzentriert, die man in einem Atemzug vor Jesus wiederholt.

Der ehemalige katholische Priester Richard Bennett kommentiert: »Seit Jahrhunderten praktizieren katholische Mystiker ›Atemgebete‹. Sie stellen lediglich die katholische Form der alten griechischen Mystik dar und sind mit den Mantras der Hindus verwandt. In seinem Buch zitiert Warren die sehr bekannte, katholische Mystikern Madame Guyon (S. 190). Er nennt auch Johannes vom Kreuz (S. 105) und den katholischen Priester, Mystiker, Psychologen und Ökumeniker Henri Nouwen (S. 266). Er empfiehlt wärmstens Mutter Teresa (S. 123, 227). Auf diese Weise propagiert Warren die katholische Mystik mit ihren gefährlichen Methoden. Aber die Wahrheit der Bibel ist unverrückbar: Man kann kein Gottesbewusstsein erfahren ohne die Person Jesu Christi und sein einzigartiges Leben und Opfer. Warren indes führt eine verführerische, mystische Agenda ein, die die Welt liebt und akzeptiert, obgleich sie in den Augen Gottes ein Gräuel ist.«[76]

Der Mensch ist eben kein »Fraktal Gottes«, aus dem sich allmählich das Göttliche entwickelt. Es gibt ferner laut Bibel keine »geistliche Evolution« des Menschen, der sich allmählich auf eine immer höhere Ebene entwickelt, um sein göttliches Selbst zu entfalten. Die Bibel lehrt klar, dass der Mensch und die gesamte Schöpfung durch und durch sündenverderbt sind und der Erlösung durch ihren Schöpfer bedürfen. Die Hoffnung des Menschen liegt *außerhalb von uns* selbst – *extra nos*, wie es Luther ausdrückte – allein in Christus Jesus und seinem Heilswerk am Kreuz von Golgatha. Im unerlösten Menschen selbst ist nichts Gutes, nichts Göttliches (Röm 3,10-18).

---

76 Richard Bennett, *The Adulation of Man in The Purpose Driven life.*
URL: http://www.bereanbeacon.org/articles/The_Adulation_of_Man_in_The_
Purpose_Driven_Life.pdf.
Deutsche Übersetzung des Artikels:
URL: http://distomos.blogspot.com/search/label/Rick%20Warren.

Da wir in dem Buch *Die Hütte* bereits der Kreiszahl Pi und den Fraktalen begegnet sind, ist es nicht verwunderlich, auch etwas über DNA und Quantenphänomene zu lesen. »Papa« erklärt Mack: »Das genetische Erbe deiner Familie, deine spezifische DNA, ... die Quantenphänomene, die auf subatomarer Ebene ablaufen, wo nur ich der immer gegenwärtige Beobachter bin ...« (S. 108). »Papa« legt Mack dar, dass der Mensch in einem Prozess steht, der ihn in die Freiheit führen soll. Dies geschieht durch »Jesus«, so »Papa«. »Papa« fährt fort: »Denke immer daran: Menschen sind nicht durch ihre Grenzen definiert, sondern durch die Absichten, die ich für sie habe; nicht durch das, was sie zu sein scheinen, sondern durch alles, was es bedeutet, nach meinem Ebenbild erschaffen zu sein« (S. 114).

Quantenphysik und Spiritualität werden heute selbst in wissenschaftlichen Kreisen diskutiert. In einem Artikel in der *ZEIT* heißt es: »Dabei verfallen die Wissenschaftler nicht auf die naheliegende Idee des Pantheismus, nach der Gott gleichbedeutend mit dem All ist und für eine umfassende kosmische Ordnung steht. In diesem Sinn war selbst Albert Einstein fromm. Er glaube an einen Gott, ›der sich in der gesetzlichen Harmonie des Seienden offenbart, nicht an einen Gott, der sich mit Schicksalen und Handlungen der Menschen abgibt‹, schrieb Einstein. Diese Art von Glauben ›verdünnt Religion bis zur Bedeutungslosigkeit‹, meint Miller.«[77]

Anders als die meisten Wissenschaftler sehen Vertreter der New-Age-Bewegung und die Meister östlicher Religionen Quanten und Fraktale als wissenschaftlichen »Beweis« für ihre Überzeugung an, dass Gott in allem ist (Pantheismus). Wissenschaft und Spiritualität sind demnach keine Gegensätze mehr, sondern ergänzen sich. Das ganze Universum ist entsprechend

---

77 Hartmut Wewetzer: *Gott trifft Darwin*. In: *ZEIT online*, 13.3.2009.
    URL: http://www.zeit.de/online/2009/12/darwin-evolution-religion?page=all.

dieser Weltanschauung ein »Quantenfeld von *göttlicher* Energie«. »*Gott* ist in jedem Atom« und verbindet den Menschen, die Erde und das ganze Universum. Diese Göttlichkeit und Einheit der gesamten Schöpfung gilt es zu realisieren.

Interessanterweise spricht auch der hellsichtige New-Age-Lehrer David Spangler, der bereits im Alter von sieben Jahren seine ersten mystischen Erfahrungen machte und von 1970 – 1973 führender Vertreter der esoterischen *Findhorn Foundation* war, von »Gott« als dem »Urgrund alles Seienden« – zur Erinnerung: William P. Young bezeichnete den »Schöpfergott« als den »Urgrund allen Seins« (S. 125, 127). Laut David Spangler sind alle Dinge und alle Menschen von Göttlichkeit durchdrungen und erfüllt. Nur die Unwissenheit der Menschen über ihre verborgene Göttlichkeit hindere sie daran, diese göttliche Kreativität zu nutzen. Wer das aber erst einmal erkannt habe, könne durch Meditation auf den »Urgrund alles Seienden« und in neue Dimensionen vordringen.

Die esoterische Botschaft lautet: Göttlichkeit ist überall und in jedem Menschen. Jeder Mensch ist ein Fraktal, und ganz gleich, wie tief man in die fraktale Struktur des Menschen eindringt, man trifft letztlich immer auf Gott. Der ganze Mensch ist göttlich, so wie jedes einzelne Atom der Quadrillionen von Atomen, die den Menschen ausmachen, göttlich ist. Atome sind Quanten göttlicher Energie, die alles Leben erhalten und erzeugen. Ziel des Menschen, so Spangler, ist es, in die universelle Harmonie und in die verlorengegangene Göttlichkeit einzutreten – oder mit den Worten William P. Youngs: »Der Mensch … kann erneut vollkommen vom spirituellen Leben, meinem Leben, beseelt und bewohnt werden. Dazu ist es erforderlich, dass eine sehr reale, dynamische und aktive Vereinigung existiert« (S. 128).

Längst haben nicht nur Esoteriker und New Ager, sondern auch die Vertreter der *Neuen Spiritualität* innerhalb des Evangelikalismus die geheimnisvolle Welt der Quanten für sich entdeckt und verknüpfen Wissenschaft mit Spiritualität. So schreibt der bekannte Evangelikale und Vertreter der Emerging Church Leonard Sweet in seinem Buch *Quantum Spirituality*: »Quanten-Spiritualität verbindet uns sowohl mit der ganzen Schöpfung als auch mit allen Gliedern der menschlichen Familie ... Dies beinhaltet die radikale Lehre, dass Gott sogar die Materie der Schöpfung durchdringt ... Eine Spiritualität jedoch, die nicht in gewisser Weise *entheistisch* ist (im Wesentlichen die Lehre, dass *Gott in allem ist*), eine Lehre, die nicht die Geist-Materie des Kosmos berücksichtigt, ist nicht christlich.«[78]

Bereits 1995 hielt Leonard Sweet zusammen mit Rick Warren Vorträge unter dem Titel *The Tides of Change* (*Gezeiten der Veränderung*), in denen christliche Leiter dazu aufgerufen werden, sich Veränderungen in ihrem Dienst aufgeschlossen zu zeigen, um das Evangelium im Wandel der postmodernen Zeit in einer relevanten Weise zu verkünden. Leonard Sweet sprach damals von einer *Neuen Spiritualität*, die im Entstehen war. Und auch Rick Warren war von dem Gedanken beseelt, eine Reformation des Evangelikalismus voranzutreiben und alte, traditionelle Formen des Evangelikalismus hinter sich zu lassen.

Als Rick Warren in seinem Bestseller *Leben mit Vision* über ein sinn- und zielorientiertes Leben schreibt, zitiert er den New-Age-Autor und Chirurgen Bernie Siegel (S. 31, 9. Auflage 2005). Nach einer mystischen Erfahrung während einer Meditation in Form einer Visualisierung öffnete sich Bernie Siegel seinem »Geistführer« aus dem Jenseits namens George, der für ihn seitdem »ein Begleiter von unschätzbarem Wert« wurde. Der Inhalt seines Bestsellers *Love, Medicine & Miracles* (deutsche Ausgabe: *Prognose Hoffnung: Liebe, Medizin und Wunder*) ist im Grunde von

---

78 Leonard Sweet, *Quantum Spirituality: A Postmodern Apologetic*, Whaleprints for Spirit Venture Ministries, Dayton, OH, USA, 1991, S. 125.

George inspiriert – »gechannelt«, wie die New Ager es nennen. Channeling ist der Vorgang, wonach eine Person über einen offenen Kanal (engl. *channel*) für die Übermittlung von Botschaften aus dem Jenseits verfügt.

In seinen Büchern und Seminaren propagiert Bernie Siegel die besondere Art von Meditation und Visualisierung, die er selbst erlernte und praktizierte, um den Menschen den Weg zu ihrem persönlichen »Geistführer« zu zeigen. Ausgerechnet das okkulte Medium Bernie Siegel empfiehlt Rick Warren in seinem Weltbestseller *Leben mit Vision*, um seinen Lesern »Hoffnung« zu vermitteln (siehe Lk 11,35; 2Kor 11,14).[79]

Und schließlich ist es kein Wunder, dass sich Geistführer aus dem Jenseits melden, die von sich behaupten, »Jesus Christus« zu sein. Das Medium Helen Schucman beispielsweise empfing ihr über 1000 Seiten umfassendes New-Age-Buch *Ein Kurs in Wundern* ebenfalls durch Channeling – ihr Geistführer stellte sich als »Jesus Christus« vor. Das Buch wurde weltweit ca. 2 Millionen Mal in 14 verschiedenen Sprachen verkauft. Eines Tages unterwies Schucmans Geistführer »Jesus« sie mit folgenden Worten: »Erliege nicht dem kläglichen Irrtum, am alt' rauen Kreuz festzuhalten …« Schucmans »Jesus« lehrte sie auch, dass es keine Sünde gibt und dass Gotteserkenntnis gleichbedeutend sei mit der Erkenntnis des göttlichen Selbst im Menschen.

Der bekannte TV-Prediger Robert Schuller (*Stunde der Kraft*) bot in den 1980er-Jahren in seiner Kirche Studienkurse mit dem Buch *Ein Kurs in Wundern* an. Sowohl Rick Warren als auch Bill Hybels sind mehr oder weniger stark von Robert Schuller beeinflusst, was ihre Affinität zur Neuen Spiritualität und ihre manchmal arglose Offenheit für das New-Age-Gedankengut zu erklären vermag.

---

79 Warren Smith, *Deceived on Purpose – The New Age Implications of the Purpose-Driven Church*, Mountain Stream Press, Magalia, CA, USA, 4. Auflage 2006, S. 47-49.

In der New-Age-Bewegung wird von Christus, Christus-Bewusstsein, Jesus, Gottes Liebe und Harmonie sowie Einheit und Brüderlichkeit aller Menschen gesprochen. Laut New-Age-Lehre ist das gesamte Universum göttlich; alle Menschen sind vom »kosmischen Christus-Bewusstsein« durchdrungen und stellen den »Leib Christi« dar. Die Lehrer des New Age lehnen hingegen das Kreuz, das Gebot der Buße, die Sündhaftigkeit des Menschen, die Notwendigkeit der Erlösung – kurzum das alte, traditionelle Christentum – kategorisch ab. »Christliche Fundamentalisten« gelten als »Krebsgeschwür« im Leib Christi, das es zu entfernen gilt.

Warren Smith wies darauf hin, dass seit den Terroranschlägen vom 11. September 2001 in den USA die meisten New Ager den Begriff »New Age Spirituality« durch »New Spirituality« ersetzten, indem sie einfach das Wort »Age« herausstrichen. Seit dieser Zeit sprechen die Vertreter des New Age folglich von einer »Neuen Spiritualität«. Fatalerweise verwenden Leonard Sweet und Brian McLaren für das »Neue Christentum«, das sie anstreben, gleichermaßen diesen Ausdruck »Neue Spiritualität« und bezeichnen sich selbst und andere, die ihnen folgen, als »Neue Christen« (*New Christians*) oder als »Führer des Neuen Lichts« (*New Light Leaders*).[80]

Die geistige Nähe der Spiritualität des New Age zur Neuen Spiritualität des progressiven Evangelikalismus ist allerdings nicht nur in der Verwendung des gleichen Begriffs *Neue Spiritualität* begründet. Auch inhaltlich sind Parallelen des New Age zur Neuen Spiritualität des Evangelikalismus mit ihren Vordenkern wie Leonard Sweet oder Brian McLaren nachweisbar. Eine pan-

---

80 Tony Jones, *The New Christians: Dispatches From the Emergent Frontier,* Jossey-Bass, San Francisco, CA, USA, 2008, S. 2, 40; Brian McLaren, *Everything Must Change: Jesus, Global Crises, and a Revolution of Hope,* Thomas Nelson, Nashville, TN, USA, 2007, S. 296; Leonard Sweet, *Quantum Spirituality: A Postmodern Apologetic,* Whaleprints for Spirit Venture Ministries, Dayton, OH, USA, 1991, S. VIII.

theistische, universelle New-Age-Spiritualität, die lehrt, dass Gott »in allem« ist, wird die Grundlage für den Schmelztiegel aller Religionen sein, auf dem eine zukünftige *Neue Weltreligion* letztlich ruhen wird, so Warren Smith – und es bleibt zu befürchten, dass Teile des Evangelikalismus in diesen endzeitlichen Sog der Verführung einer Welteinheitskirche hineingeraten.

Der ehemalige New Ager Warren Smith wusste, dass Leonard Sweets Buch *Quantum Spirituality* aufgrund der offenkundigen Nähe zu New-Age-Lehren zu einigen Kontroversen geführt hatte. Als er schließlich *Quantum Spirituality* las, wurde ihm klar, warum andere dieses Buch für bedenklich hielten. Warren Smith erläutert:

»Leonard Sweet ist sehr intellektuell und gut belesen, und es ist nicht leicht, ihm zu folgen, wenn er durch die spirituellen Welten reist. Er geht mit Lichtgeschwindigkeit voran und zitiert aus zahllosen Büchern und Artikeln und beeindruckt damit viele Leser mit seinem wachen Scharfsinn und seinen spirituellen Einsichten. Während er allerdings in die tückischen Wasser des New Age eintaucht und seine Leser dorthin mitnimmt, wird die Problematik seiner postmodernen Apologetik offenkundig …

Bei der Lektüre des Buches *Quantum Spirituality* erkannte ich, dass Sweet einen Prozess eingeleitet hat, um das biblische Christentum in eine postmoderne Quanten-Spiritualität zu transformieren. Ohne es zu begründen, schreibt Sweet, dass er ein Teil der Bewegung des ›Neuen Lichts‹ ist, und alle, die er besonders bewundert, bezeichnet er als ›Führer des Neuen Lichts‹.

In seinem Vorwort in *Quantum Spirituality* bringt er seine tiefe Dankbarkeit und Bewunderung für eine Reihe von ›Führern des Neuen Lichts‹ zum Ausdruck; Letztere charakterisiert er als ›die kreativsten Führer in den heutigen USA‹. Zu dieser Gruppe von Personen gehören einige Führer der New-Age-Bewegung, die mir wohlbekannt sind – insbesondere Willis Harman, Matthew Fox und M. Scott Peck ...«[81]

Sowohl Leonard Sweet als auch Rick Warren glauben mit vielen anderen Führern der *Neuen Spiritualität*, dass das Reich Gottes hier auf Erden errichtet werden muss. Sie plädieren dafür, sich für die Veränderung und Verbesserung der Welt einzusetzen – gegen Armut, Umweltverschmutzung, Krieg, Hunger und soziale Ungerechtigkeit. Das ist im Grunde der Kern des New-Age-Evangeliums, wonach Mensch und Universum göttlich sind und alle Menschen sich diese Göttlichkeit bewusst machen müssen, um letztlich die Transformation der Erde in eine bessere Welt zu erreichen. Das Buch *Die Hütte* sät den Samen dieser Utopie, dieser Mixtur aus *Neuer Spiritualität* und *Quanten-Spiritualität*, in die Herzen seiner Leser.

Jesus erzählte seinen Jüngern das Gleichnis vom Unkraut unter dem Weizen (Mt 13,24-30). Bei dem Unkraut, das der Feind säte, während die Menschen schliefen – also nicht wachsam waren (V. 25) –, handelt es sich um den Taumel-Lolch (griech. *zizania*). Diese Pflanze sieht anfänglich so aus wie Weizen, ist jedoch giftig und verursacht nach Verzehr Rauschzustände und lässt den Menschen taumeln. Vieles, was anfänglich »christlich« aussieht, kann sich letztlich als das Gift des New Age erweisen, das die Sinne des Menschen im mystischen Dunst eines *anderen* Jesus (2Kor 11,4) vernebelt und aus dem Wandel der Gerechten das Taumeln der Verführten und Verblendeten macht (Jes 29,9; 2Thess 2,11).

A. W. Tozer wusste, dass der Feind es unbeirrt darauf angelegt, den Taumel-Lolch zwischen den Weizen zu säen. Er richtete seinen Blick zeit seines Lebens ausschließlich auf die Wahrheiten des Evangeliums und schaute voller Hoffnung auf die

---

81  Warren Smith, *A Wonderful Deception*, Lighthouse Trails Publishing, 2009, S. 106.

Zeit, wenn Christus über diese Welt herrschen wird. Er wusste aber auch aus dem Buch der Bibel, dass es »bis zu dieser Stunde Konflikte, Leid und Kriege unter den Nationen geben wird. Wir werden von Leid, Terror, Furcht und Versagen hören. Aber der Gott, der eine bessere Welt versprochen hat, ist der Gott, der nicht lügen kann. Er wird Satans Macht über diese Welt brechen. Unser himmlischer Vater wird diese Welt dem übergeben, dessen Hände einst für uns stolzen und gottfernen Sünder am Kreuz durchbohrt wurden. Es ist Fakt: Jesus Christus wird auf die Erde zurückkehren.«[82]

---

82 Ron Eggert, *The Tozer Topical Reader II*, Christian Publications, Camp Hill, Pennsylvania, USA, 1998, S. 178.

# Kapitel 7
# Jedem seine *Hütte*?

*Im Gegensatz zur populären Meinung kann die Kultivierung eines unkritischen Glaubens nicht als etwas uneingeschränkt Gutes betrachtet werden, und wenn sie zu weit getrieben wird, kann sie zu einem selbstverständlichen Übel werden. Die ganze Welt wurde vom Teufel vermint, und seine tödlichste Falle ist die Religion. Der Irrtum gibt sich an keinem Ort so unschuldig wie im Heiligtum.*[83]                                    *A. W. Tozer*

William P. Young schreibt in seiner Danksagung am Ende seines Buches: »Die meisten von uns haben ihre eigenen Leiden, zerbrochenen Träume und verletzten Herzen. Wir alle haben mit unseren einzigartigen Verlusten zu kämpfen, unserer eigenen ›Hütte‹ ...« (S. 291). Jeder hat »seine Hütte«, und jeder kann dort »die gleiche Gnade finden« wie William P. Young. Unter vielen Lesern des Buches, die eine Gottesbegegnung suchen, ist dies zu einem geflügelten Wort geworden: *Jedem seine Hütte!* Und mancher begeisterte Leser findet sich in dieser »Hütte« wohler als in mancher christlichen Kirche und Gemeinde.

Am Ende dieses Buches sollen alle Gründe noch einmal zusammengefasst werden, welche Bedenken gegen das Buch *Die Hütte* nach einer gründlichen Prüfung erhoben werden müssen. Im Blick auf die kontroversen Diskussionen, die dieses Buch bereits ausgelöst hat, ist es segensreicher, dem biblischen Rat zu folgen, alles zu meiden, was nur den Anschein haben könnte, unredlich zu sein (1Thess 5,22).

---

83 Ron Eggert, *The Tozer Topical Reader II*, Christian Publications, Camp Hill, Pennsylvania, USA, 1998, S. 166.

Im Folgenden die Gründe, warum dieses Buch nicht emp-
fehlenswert ist:

### 1. Die Überbetonung der Liebe Gottes

Gott wird vor allem als liebender Vater und nicht im Geringsten
als Herrscher oder Richter dieser Welt dargestellt. Dies zeichnet ein einseitiges, fast sentimentales Bild von Gott. Es entsteht
manchmal der Eindruck, dass Gott aus lauter Liebe nicht anders
handeln kann, als alle Menschen erlösen zu *müssen*. Diese An-
schauung wird auch vom Universalismus (Allversöhnungslehre) vertreten.

### 2. Eine neue Definition von Heiligkeit

Für Mack war Heiligkeit ein »kaltes und steriles Konzept«
(S. 122), bis er sich in der Gegenwart der Liebe Gottes befand.
Was er fühlte, verstand er nicht genau, aber »es fühlte sich gut
an« – warmherzig, intim, aufrichtig. »Das war heilig« (S. 122).
Heiligkeit wird auf die Ebene des Fühlens verengt. Doch nicht
alles, was sich gut anfühlt, muss auch heilig sein.

### 3. Einseitige Betonung von Beziehungen und Gefühlen

»Lerne, so zu leben, dass du dich geliebt fühlst« (S. 201) ist
die *Hütten*-Maxime. Das ganze Buch dreht sich um die rechte
Beziehung zwischen Gott und Menschen und zwischen dem
Menschen und seinem Nächsten. Beziehungen, die von Liebe
geprägt sind, haben im Christenleben einen hohen Stellenwert. Sie sind dennoch niemals das alleinige Kriterium in der
Nachfolge Christi. Christen wandeln im Glauben und nicht im
Schauen. Wahrer Glaube hat auch dann noch Bestand, wenn ein
Mensch Gottes Nähe oder Liebe zwar nicht zu fühlen vermag,
aber dennoch weiß, dass er Gott selbst in schweren Zeiten ver-
trauen kann.

### 4. Unterschwellige Antipathie gegen die Bibel und biblische Lehre

Mehrfach wird die Autorität biblischer Lehre subtil untergraben, indem sie dargestellt wird, als würde sie den Menschen Gott nicht näherbringen. Obwohl ein Körnchen Wahrheit in der Botschaft William P. Youngs enthalten ist, wenn er sich gegen eine tote Dogmatik wendet, so läuft seine Überspitzung doch Gefahr, den Trend zu verstärken, biblische Lehre und das Studium der Heiligen Schrift als Ganzes in ein schlechtes Licht zu rücken.

### 5. Abwertung der christlichen Kirche und Gemeinde

Die christlichen Kirchen und Gemeinden werden durchweg als negativ beschrieben – als ein Ort, an dem man Gott nicht begegnen kann. Sogar aus dem Munde »Jesu« ist allerlei Kritisches zur Kirche zu hören (S. 204-210). Kirche wird als religiöse Maschinerie (S. 205) und Machtsystem (S. 208) abgewertet. Systeme und Programme stehen laut William P. Young der christlichen Freiheit im Wege. Die Bibel allerdings räumt der wahren Gemeinde – dem Leib Christi, in dem alle Glieder des Dienstes miteinander verbunden sind – einen sehr hohen Stellenwert ein.

Sowohl William P. Young als auch seine beiden Mitautoren Wayne Jacobsen und Brad Cummings gehören einem Artikel eines Magazins zufolge keiner christlichen Gemeinde oder Kirche mehr an. Sie »gehören einer Bewegung an, die die institutionelle Kirche ablehnt, obwohl Young sagt, dass er ›keine Notwendigkeit sieht, die Leute aus Systemen zu holen oder sie [christliche Kirchen und Gemeinden] negativ zu bewerten‹. Seine negative Haltung zeigt sich hingegen in dem Buch *Die Hütte* ..., wo »Jesus« sagt: ›Ich erschaffe keine Institutionen ... Das ist die von Menschen selbst erschaffene Dreifaltigkeit des Schreckens, von der die Erde verwüstet wird ...‹«[84]

---

84 Susan Olasky, *Computer-Driven Bestseller. The Shack wracks up sales by recasting a personal spiritual odyssey unfettered by church life.*
URL: http://www.worldmag.com/articles/14137.

Es ist nicht gerechtfertigt, wenn William P. Young auf die düsteren Kapitel der Kirchengeschichte in der Vergangenheit anspielt oder auf gegenwärtige Schwächen und Fehler christlicher Gemeinden und Kirchen hinweist und sich vom biblischen Konzept von Kirche/Gemeinde völlig verabschiedet. Die Bibel berichtet, wie Jesus selbst voraussagte, dass viele in seinem Namen kommen werden und doch nicht von ihm sind; aus diesem Grund darf nicht alles, was im Namen der »christlichen Kirche« geschieht, auch der *wahren* Kirche/Gemeinde im neutestamentlichen Sinne (Leib Christi) zugeschrieben werden.

Wenn William P. Young wirklich »geheilt« aus seiner *Hütten*-Erfahrung hervorgegangen wäre, würde er positiver von christlichen Gemeinden und Kirchen sprechen. Es bleibt nach der Lektüre des Buches *Die Hütte* das Empfinden zurück, als hege er noch immer Bitterkeit gegen Personen, die ihm persönlich Leid zugefügt haben.

## 6.  Streben nach Harmonie ohne Wahrheit

Seit Jahrzehnten wird die Botschaft verbreitet: Lehre trennt, Liebe eint. Biblische Lehre wirke trennend und sei damit lieblos, so die Meinung mittlerweile vieler Evangelikaler. William P. Youngs Buch verstärkt dieses Empfinden und fördert die Akzeptanz einer falschen Toleranz, die über alle biblischen Grenzen hinaus Harmonie und Einheit mit anderen anstrebt – im Extremfall selbst mit den Anhängern anderer Religionen.

## 7.  Gebrauch von Bildern und Metaphern, die unscharf sind

Die Verwendung von Bildern und Gleichnissen in der Bibel dienen stets der Veranschaulichung von Wahrheiten. In William P. Youngs Buch gibt es allerdings viele Bilder, die unscharf sind und geradezu Kritik herausfordern. Wenn eine Reihe namhafter Theologen in seinem Buch die Lehren des Pantheismus, Universalismus und Modalismus erkennen, ist es dem Autor offenbar nicht gelungen, in seinem Roman voller Bilder und Metaphern die biblische Wahrheit auf den Punkt zu bringen.

## 8. Pantheistische Anklänge

»Gott, der Urgrund allen Seins, wohnt und wirkt in allen Dingen, durch sie und um sie herum«, so William P. Young (S. 127). »Gott ist überall und in allem, was existiert« – so lautet die klassische Lehre des Pantheismus. Gottes Allgegenwart bedeutet, dass Gott überall gegenwärtig ist, aber dennoch steht der Schöpfer zugleich stets über- und außerhalb der Schöpfung, so die christliche Lehre. Gott und die Schöpfung sind im biblischen Sinn nicht identisch oder wesensgleich.

Louis Berkhof definiert Gottes Allgegenwart als »die Eigenschaft des göttlichen Wesens, durch die er alle räumlichen Begrenzungen transzendiert [über sie hinausgeht], und doch mit seinem ganzen Wesen an jedem Ort des Raumes gegenwärtig ist … Indem festgestellt wird, dass Gott sich jenseits des Raumes befindet und jeden Teil des Raumes *mit seinem ganzen Wesen* erfüllt …, soll der Vorstellung entgegengetreten werden, dass Gott sich durch den Raum diffus verströmt, sodass ein Teil seines Wesens an einem Ort ist und ein anderer Teil seines Wesens an einem anderen Ort.«[85]

Während der Pantheismus lehrt, dass alle Materie – Mensch und Kosmos – von Gott durchdrungen wird und in eine göttliche Einheit kommen soll, lehrt die Bibel, dass der Mensch mit Gott versöhnt werden muss und dass es Gottes heilsgeschichtliches Ziel ist, die gefallene Schöpfung wiederherzustellen.

Das Schlusszitat in William P. Youngs Nachwort zu seinem Buch stammt von Elizabeth Barrett Browning (1806 – 1861) und klingt sehr danach, dass Gott in allem ist: »Die Erde ist randvoll

---

85 Louis Berkhof, *Systematic Theology*, The Banner of Truth Trust, Edinburgh, 1988, S. 60-61.

mit Himmel. Und in jedem gewöhnlichen Dornbusch brennt Gott …« (S. 288). Elizabeth Barrett Browning, die als eine der größten Dichterinnen des Viktorianischen Zeitalters gilt, entwickelte in ihren späteren Jahren Interesse für den Okkultismus. Ihr Mann Robert Browning, der in seinem Monolog *Mr. Sludge the Medium* den Spiritismus verspottete, versuchte vergeblich, seine Frau Elizabeth, die fest davon überzeugt war, mit Geistern von Verstorbenen in Kontakt treten zu können, vom Spiritismus abzubringen. Ausgerechnet einer Poetin, die sich am Ende ihres Lebens in tiefste Finsternis verirrte, überlässt William P. Young das Schlusswort.

### 9. Ein falsches Bild der Gottesbegegnung

Ein Studium aller Gottesbegegnungen in der Bibel zeigt, dass, wo immer der Mensch Gott begegnet, eine heilige und ehrfürchtige Szene geschildert wird. Als Mose Gott im brennenden Dornbusch begegnete, zog er seine Schuhe aus, denn der Boden, den er betrat, war heilig (2Mo 3,2-6). Als Jesaja Gott in einer Vision begegnete, rief er aus: »Wehe mir, denn ich bin verloren. Denn ein Mann mit unreinen Lippen bin ich, und mitten in einem Volk mit unreinen Lippen wohne ich. Denn meine Augen haben den König, den HERRN der Heerscharen, gesehen« (Jes 6,5). Johannes, der Jünger, den Jesus liebte, fiel wie tot zu Boden, als er in einer Vision seinem Herrn begegnete (Offb 1,17). »Fürchte dich nicht« war der Ruf Gottes an jene Menschen, denen er sich offenbarte (Ri 6,23; Offb 1,17).

Ganz anders in dem Buch *Die Hütte*. Die Begegnung von Mack mit Gott weist keine Merkmale von Heiligkeit oder Ehrfurcht auf wie die biblischen Berichte. Die Trinität Gottes wird auf die Banalität der rein menschlichen Ebene heruntergezogen. Während der Gott der Bibel dem Menschen, dem er sich offenbart, sagen muss: »Fürchte dich nicht«, sagt der vermenschlichte *Hütten*-Gott bei seiner ersten Begegnung zu Mack, der mit seinen Emotionen kämpfte und seine Tränen zurückhielt: »Es ist okay,

Liebling, lass es einfach heraus … Es tut der Seele gut, ab und zu das Wasser frei fließen zu lassen – das heilende Wasser« (S. 95).

## 10. Katalysator für mystische Erfahrungen

Nachdem »Sarayu« Mack erklärte: »… du siehst sehr wenig«, bat Mack sie darum: »Bitte berühre meine Augen …« (S. 240). Dann durchströmte Mack ein »köstliches Beben« (S. 240). Mack wünscht sich geöffnete Augen und eine Gotteserfahrung. Das ist im Grunde die Definition für Mystik – der Einblick in die mystische, verborgene Welt Gottes und die Erfahrung mit ihr.

Da Gefühle, Erfahrungen und Erlebnisse in William P. Youngs Buch in den Vordergrund gestellt werden, wird der Mystik Vorschub geleistet, so als ob man Gott nur auf einer gefühlsmäßigen, mystischen Ebene begegnen könne. Auf diese Weise wird die Suche nach mystischen Erfahrungen und den damit verbundenen Praktiken gefördert.

Rudi Holzhauer erläutert: »Das Erlebenwollen von Transzendenz hat … Heilige immer wieder dazu verleitet, sich in das halbdunkle Dickicht der Mystik zu begeben. Doch wo sie meinten, Gott zu begegnen, geschah ihnen ›Erleuchtung aus zweiter Hand‹, und zwar aus der Geisterwelt … Mystik ist der Versuch des religiösen Menschen, von sich aus Gott zu nahen und transzendente Gotteserfahrungen zu machen. Hier wechseln Licht und Finsternis ständig miteinander ab. Das ist gerade die Zwiespältigkeit der mystischen Erfahrung, und dieses ist eben nicht das Ergebnis des Sieges Jesu Christi auf Golgatha.«[86]

Die »christliche« Mystik war immer mit einem verzerrten Gottesbild, einer okkulten Medialität und Grenzüberschreitungen in das Gebiet heidnischer Religionen verbunden. Kontemplative Methoden, deren Nähe zum New Age mehr als problematisch sind und auch im Evangelikalismus seit Jahrzehnten auf

---

86 Rudi Holzhauer, *Verführungsprinzipien*, St. Johannis, Lahr, 1998, S. 23.

eine immer größer werdende Akzeptanz stoßen, werden nach der Lektüre von William P. Youngs Buch wohl immer weniger kritisch hinterfragt werden.

## 11. William P. Youngs liberale Standpunkte
Sowohl das angeführte Interview von William P. Young mit Kendall Adams als auch die Konferenz mit C. Baxter Kruger sind nicht gerade förderlich, das Vertrauen in die Glaubwürdigkeit des Autors zu stärken. Ein klares Bekenntnis von William P. Young zum stellvertretenden Sühnetod Christi sucht man leider vergeblich. Stattdessen sucht er die Nähe von Personen, die grundlegende biblische Lehren neu definieren oder diese wie im Falle des liberalen Theologen Borg sogar rundweg ablehnen.

## 12. Ein falsches Bild von Sünde
Die Sünde des Menschen wird dargestellt, als habe sie keine Konsequenzen und sei eher als ein psychologisches Defizit zu betrachten, durch das sich der Mensch ohnehin selbst bestraft. Die Frage, was Gut und Böse ist, wird angeschnitten, aber nicht hinreichend beantwortet.

John MacArthur schreibt über diesen Trend unter Evangelikalen: »Der Ruf des Evangeliums ist keine Einladung, Spaß zu haben und von emotionalem Schmerz frei zu werden. Die gegenwärtige besucherfreundliche Bewegung verkennt diesen wichtigen Punkt scheinbar. Statt Gottesfurcht zu schaffen, versucht sie Gott als jemanden darzustellen, der lustig, gut gelaunt, lässig, nachsichtig ist und bei dem sogar alles erlaubt ist. Der hochmütige Sünder, der sich Gott in Ehrfurcht nähern sollte (Lk 18,13), wird ermutigt, sich anmaßend auf Gottes Gnade zu berufen. Sünder hören nichts von göttlichem Zorn. Dies ist ebenso falsch, als würde man offen Häresie predigen.«[87]

---

87 John MacArthur, *Ashamed of the Gospel – When the Church Becomes Like the World,* Crossway, Wheaton, USA, 1993, S. 75.

## 13. New-Age-Sauerteig

Die Tatsache, dass William P. Youngs Buch in den USA oder Kanada keinen christlichen Verlag fand, der sein Buch veröffentlichen wollte, und dass sein Buch in Deutschland von einem esoterischen Verlag (*Allegria*) herausgebracht wurde, spricht Bände.

Zu viele Bilder und Anspielungen (Quanten-Spiritualität, Fraktale, pantheistische Anklänge) erinnern an die New-Age-Bewegung. Das Zitat, das das 4. Kapitel seines Buches einleitet, stammt von Khalil Gibran, dessen Werk als eine Mischung aus östlicher und westlicher Philosophie und der Mystik des Sufismus (Islam) gilt.

In Kapitel 14 von William P. Youngs Buch wird beschrieben, wie »Sarayu« ihre Hände ausbreitete und »Papa« und »Jesus« mit einschloss, als sie sagte: »… ich bin immer in Bewegung. Ich bin Geschehen, nichts Feststehendes« (S. 236) – Gott ein »Geschehen, nichts Feststehendes« (siehe jedoch Jak 1,17; Ps 102,28; Mal 3,6; Jes 41,4). Kapitel 14 trägt den Titel »Verben und andere Freiheiten« und wird mit dem Zitat von Buckminster Fuller – »Gott ist ein Verb« – eingeleitet (S. 224).

Der US-amerikanische Philosoph und Schriftsteller Buckminster Fuller (1895 – 1983) prägte den Begriff »Raumschiff Erde« und vertrat sehr früh eine globale und kosmische Betrachtungsweise. »Fuller arbeitet eng mit Donald Keys von der *Planetarischen Initiative* und den *Planetary Citizens* (den ›planetarischen Bürgern‹) zusammen. Keys wiederum folgt ganz offen Alice Bailey und ihrem tibetanischen Mentor Djawal Khul. Und unsichtbare Herrschaft der Meister ist das Ziel des ›Plans der Weltdiener‹ …«[88]

David Spangler, Direktor der *Planetarischen Initiative* der UNO und einflussreicher Visionär der New-Age-Bewegung, der seine

---

88 Constance Cumbey, *Die sanfte Verführung*, Schulte & Gerth, Asslar, 1986, S. 158.

Mitteilungen aus der jenseitigen Welt empfing (Channeling), erklärte, dass niemand in die Neue Weltordnung eintreten wird, bevor er oder sie nicht bereit ist, Luzifer anzubeten; Spangler und andere Okkultisten und New Ager sprechen in diesem Zusammenhang von einer luziferischen Initiation (Weihe).[89]

Buckminster Fuller steht mit seiner Philosophie dem New-Age-Gedankengut nahe, demzufolge Gott, Kosmos und Mensch eine Einheit bilden, das menschliche Bewusstsein sich durch Evolution bis zur vollkommenen Erleuchtung weiterentwickelt und alle Materie letztlich Geist ist. Der Gottesbegriff des New Age steht im völligen Widerspruch zur traditionellen christlichen Lehre eines ewig-unveränderlichen, personalen Gottes.

»Selbst die Vernunft lehrt uns, dass es keinen Wandel bei Gott geben kann, da Wandel entweder zum Besseren oder Schlechteren ist. Aber bei Gott, der absolut vollkommen ist, ist sowohl Verbesserung als auch Verschlechterung unmöglich … Die Unveränderlichkeit Gottes sollte nicht als *Unbeweglichkeit* missverstanden werden, als ob es bei Gott keine Bewegung gäbe … Die Bibel lehrt uns, dass Gott vielfältige Beziehungen mit Menschen eingeht …, aber es gibt keinen Wandel in seinem Wesen.«[90] Während William P. Young es versäumt, ein ausgewogenes Gottesbild zu zeichnen, bringt Louis Berkhof die biblische Lehre auf den Punkt: Gott ist unveränderlich und dennoch nicht unbeweglich.

## 14. Ein falsches Gottesbild

In dem Kapitel über die Feminisierung des Glaubens wurde dargelegt, dass es Gottes Ratschluss war, sich als eine Trinität mit drei männlichen Personen zu offenbaren. Das feministi-

---

89 Mike Oppenheimer, *The Initiation*.
   URL: http://www.letusreason.org/NAM19.htm.
90 Louis Berkhof, *Systematic Theology*, The Banner of Truth Trust, Edinburgh, 1988, S. 58-59.

sche und auch sehr vermenschlichte Bild Gottes, das William P. Young zeichnet, widerspricht der Bibel.

Der Gott der Bibel ist heilig, majestätisch, herrlich, gerecht, allwissend, voller Barmherzigkeit und Liebe. Der *Hütten*-Gott ist ganz und gar menschlich, macht mitunter sogar Fehler und stellt vor allem das Wohl des Menschen in den Vordergrund.

### 15. Assoziationen mit fernöstlichen Religionen

»Sarayu« stammt aus dem Indischen, bedeutet »Wind« und ist ein heiliger Fluss. Als Sophia mit Mack sprach, fühlte er, wie »ihre Worte auf seinen Kopf herabregneten und in seine Wirbelsäule eindrangen, sodass ihm ein köstliches Prickeln durch den ganzen Körper lief« (S. 176). Wer mit Yoga-Lehre vertraut ist, weiß, dass es gemäß dieser Vorstellungen 7 Chakren – Energiezentren – gibt, die ausgehend von der Wirbelsäule bis in den Kopf verlaufen.

Das sogenannte Kundalini-Yoga lehrt Übungen, die »göttliche« Energien freisetzen und die Chakren für die übernatürliche Welt öffnen sollen. Die Ähnlichkeiten des Kundalini-Yoga mit der Beschreibung in William P. Youngs Buch sind nicht zu übersehen.

### 16. Regeln und Ordnungen sind überflüssig

»Die Bibel lehrt dich nicht, Regeln zu gehorchen« (S. 228), so »Sarayu« in einem Gespräch mit Mack. Regeln und Gebote scheinen in William P. Youngs Erzählung aufgelöst zu werden in einer Beziehung zu einem Gott der allumfassenden Liebe und Toleranz. Die Bibel hingegen sieht keinen Widerspruch zwischen einer liebevollen Beziehung zu Gott und dem Halten der Gebote Gottes.

»Wer meine Gebote **hat** und sie **hält**, der ist es, der mich liebt; wer aber mich liebt, wird von meinem Vater geliebt werden;

und ich werde ihn lieben und mich selbst ihm offenbaren«
(Joh 14,21).

### 17. Der Verstand wird abgewertet

Folgt man den Linien des Buches, kann man Gott in erster Linie
auf einer mystischen Beziehungsebene begegnen. Der Verstand
und dementsprechend theologisches Denken wird abgewertet.
Obgleich die Bibel lehrt, dass der Mensch einerseits dazu neigt,
sich auf den Verstand zu verlassen (Spr 3,5), und andererseits
Gott mit dem Intellekt nicht erfassen kann (Jes 55,8), räumt sie
dem erneuerten Denken, das sich der Wahrheit Gottes unterstellt, einen hohen Stellenwert ein (Röm 12,1-3).

Die Bibel ist weder antiintellektuell noch antirational, sondern
sie weist dem Denken und dem Verstand einen Platz zu, an dem
der Mensch erkennen muss, dass er sich Gott und Gottes Wahrheit beugen muss.

### 18. Begegnung mit Toten

Im 15. Kapitel kommt es zu einer Begegnung Macks mit seinem
verstorbenen Vater. Die Kontaktaufnahme mit Toten war im
Alten Testament strikt verboten (5Mo 18,11-12). Derartige Praktiken sind zutiefst okkult und dämonisch. Die Schilderung der
Szene in William P. Youngs Buch mag von ihm zwar nicht als
Aufruf verstanden werden, mit Toten in Kontakt zu treten, doch
eine äußerst beunruhigende Tendenz unter Charismatikern ver-
leiht der Szene enorme Brisanz.

Der Charismatiker J. Lee Grady berichtet, wie »in einigen charismatischen Kreisen von heute Personen behaupten, dass sie geistliche Erfahrungen machen, indem sie mit Toten kommunizieren.
Ein Pastor aus Michigan erzählte mir letzte Woche, dass er von
einigen ihm bekannten Gemeindeleitern weiß, dass sie zu dieser bizarren Praxis aufrufen, indem sie sich auf Jesu Erfahrung
auf dem Berg der Verklärung berufen. Daraus schließen sie, dass

es uns gestattet ist, mit verstorbenen Christen oder Verwandten Kontakt aufzunehmen, da Jesus an dem Tag, an dem er verklärt wurde, mit Mose und Elia gesprochen hatte.

... es gibt eine Reihe von Personen in der prophetischen Bewegung, die erklären, dass ihnen Aimee Semple McPherson, William Branham, John Wimber oder andere biblische Gestalten erschienen seien. Und es wird von uns erwartet, dass wir beeindruckt sind und sagen: ›Das ist so tiefgründig‹ – und dass wir dann unsere eigenen mystischen Erfahrungen mit derartigen Erscheinungen der Totenwelt suchen.«[91]

Nach der Lektüre des Buches *Die Hütte*, das ebenfalls von Macks Begegnung mit einem Toten erzählt, werden wohl viele Leser – besonders jene aus dem charismatischen Evangelikalismus –, noch unreflektierter auf die okkulten Gefahren oben angeführter Tendenzen reagieren, da sie mit dem Gedanken der Kontaktaufnahme mit Toten wesentlich vertrauter sind und es scheinbar keine Hemmschwellen mehr gibt, dem Beispiel Macks zu folgen.

### 19. Gott, mein Diener

Mack fühlte bei dem Gedanken »Gott, mein Diener, muss es wohl eher heißen« (S. 273) Rührung in sich hochsteigen. *Gott, mein Diener* – das scheint im vorletzten Kapitel von *Die Hütte* gewissermaßen das Fazit des Buches zu sein. Der Mensch steht im Mittelpunkt, und Gottes Aufgabe und Ziel ist es, dem Menschen zu dienen, indem er ihn heilt und glücklich macht.

Erneut bleibt William P. Young bei einer Halbwahrheit stehen und erhebt sie zu einer fast absoluten Maxime. Es ist wahr, dass Gott den Menschen diente (Lk 22,27; Joh 13,1-20). Aber letztlich

---

91 J. Lee Grady, *Strange Fire in the House of the Lord.* In: *Charisma online*, 11. Februar 2009. URL: http://charismanow.com/index.php/fire-in-my-bones/18454-strange-fire-in-the-house-of-the-lord.

diente Gott dem Menschen, damit dieser fähig wird, Gott und dem Nächsten zu dienen (1Petr 4,10; Röm 12,1-2). William P. Young schildert die eine Seite des Dienens, ohne auf die andere Seite hinzuweisen. Diese Einseitigkeit und Unausgewogenheit zieht sich leider durch das ganze Buch *Die Hütte*.

## 20. Ein *anderer* Jesus

Der in Kapitel 6 erwähnte Warren Smith geriet nach eigenen Angaben in die New-Age-Bewegung, weil er eine mystische Erfahrung machte. Während einer Veranstaltung mit einer medial veranlagten Esoterikerin spürte er ein pulsierendes Gefühl über seinem Kopf, woraufhin die Esoterikerin ihn ansprach und ihm sagte, sie sähe ein Licht über seinem Kopf. Sie erklärte ihm, dass es sich um Geister aus dem Jenseits handelt, die sein Leben bereichern und ihm helfen wollten. Als sie ihm Details aus seinem Leben sagte, die nur ihm selbst bekannt waren, wurde aus dem Skeptiker Warren Smith ein Jünger des New Age.

1985 fand Warren Smith zum wahren Jesus Christus der Bibel. Er wandte sich von der New-Age-Bewegung ab und klärt seitdem in Büchern und Vorträgen über die New-Age-Verstrickungen der evangelikalen Bewegung auf. Seine Prognose für die nächsten Jahre: Menschen, die sich den verführerischen Lehren des New Age öffnen – er zählt das Buch *Die Hütte* in diese Kategorie –, werden trügerische Erfahrungen mit »Gott« machen, die sie darin bestätigen, ihre Lehre sei richtig. Sollte Warren Smith recht behalten, stehen wir vor jenen Zeiten, die der Apostel Paulus als »schwere«, »böse« Zeiten in den »letzten Tagen« bezeichnete, in der Christen eine »Form der Gottseligkeit haben, deren Kraft aber verleugnen« (2Tim 3,1-5).

# Schlusswort
# Der Weg zu Gott: Pilgerreise oder Hüttenweg?

*Diese neue Lehre, diese neue religiöse Welle, diese neue Wahrheit, diese neue geistliche Erfahrung – wie hat sie meine Haltung in Bezug auf Gott, Christus, die Heilige Schrift, mich selbst, andere Christen, die Welt und die Sünde verändert. Dieser siebenfache Test wird über jeden Zweifel hinaus erweisen, ob sie von Gott ist oder nicht ... Wie verändert mich etwas, muss unsere Frage sein, und wir werden sofort wissen, ob es von oben oder von unten ist.[92]*

A. W. Tozer

Das Buch *Die Hütte* könnte nach Ansicht von Eugene Peterson so erfolgreich werden wie John Bunyans *Pilgerreise*. Menschen mögen von dem Buch *Die Hütte* seelisch angesprochen werden, viele Leser mögen es als eine Hilfe betrachten, ihre Probleme und Nöte zu lösen oder besser zu ertragen, und andere wiederum mögen glauben, dass das Buch ihnen gutgetan hat – dass sie sich »gut fühlten«, als sie es lasen –, und sie werden das Buch allein aus diesem Grund als wohltuend oder segensreich bewerten.

Dennoch müssen wir biblische Maßstäbe an ein Buch anlegen, um die richtigen Schlussfolgerungen ziehen zu können. Und so tun wir gut daran, die Botschaft der Bibel mit der Botschaft in den Büchern *Die Pilgerreise* und *Die Hütte* zu vergleichen. Beide Bücher erzählen eine Geschichte und leben von den vielen Dialogen, die darin enthalten sind. Und beide Bücher hinterlassen bei ihren Lesern ein Gottesbild und vermitteln eine Theologie.

---

92 Ron Eggert, *The Tozer Topical Reader I,* Christian Publications, Camp Hill, Pennsylvania, USA, 1998, S. 202-203.

*Die Pilgerreise* John Bunyans ist die Geschichte von *Christs* Reise von der Stadt *Zerstörung* in die himmlische Stadt Jerusalem. Auf seiner Pilgerreise kommt *Christ* am Haus des Auslegers vorbei, er durchquert das Tal des Todesschattens, und er lässt den Jahrmarkt der Eitelkeiten und die Heiteren Berge unbeschadet hinter sich. Das alles sind Stationen der christlichen Pilgerschaft, die einerseits mit Erquickung, Hoffnung und Stärkung und andererseits mit den Bedrängnissen, Schwierigkeiten und Nöten in der Nachfolge Christi verbunden sind.

Auf seiner Reise begegnet *Christ* Menschen wie Herrn *Weltklug* und der Person *Gläubig* oder dem Riesen *Verzweiflung*. In den Dialogen werden die Wahrheiten der Bibel gegen unbiblische Argumente verteidigt. John Bunyan lässt keinen Zweifel daran, dass allen, die sich auf dem Weg des Heils befinden, der Kampf des Glaubens verordnet ist. John Bunynas *Pilgerreise* zeichnet ein realistisches Bild der Nachfolge Christi und orientiert sich an der Bibel. *Die Pilgerreise* wird den siebenfachen Test Tozers trefflich bestehen. Doch kann auch das Buch *Die Hütte* über jeden Zweifel hinaus erweisen, ob es von Gott ist oder nicht?

Legt man den siebenfachen Test von A. W. Tozer an das Buch *Die Hütte* an, muss man leider zu dem Schluss kommen, dass das Buch eine ehrfürchtige Haltung in Bezug auf Gott, Christus und die Heilige Schrift nicht fördert. Die Bibel verliert an Respekt, Gott-Vater an Herrlichkeit und Christus an Würde. Die biblische Sicht der Sünde oder gar Sündenerkenntnis wird und will das Buch nicht vermitteln. Damit tritt die Erlösungsbedürftigkeit des Menschen und das Wunder der Gnade Gottes in den Hintergrund.

Stehen in William P. Youngs *Die Hütte* die Beziehungen mit Gott und anderen Christen zu sehr im Mittelpunkt? Und zählen ferner die Beziehungen selbst mehr als die Wahrheit in den Beziehungen? Die Antworten auf diese Fragen dürften wohl zu bejahen sein. Schließlich, da der »liebe Gott« niemanden in die Hölle schicken kann und am Ende aus lauter Güte alle Menschen mit sich versöhnt und in sich vereint, wird die Dringlichkeit der Evangelisation nicht unbedingt eine Frucht des Buches von William P. Young sein.

Wie verändert mich etwas auf meinem Weg in die himmlische Stadt Jerusalem? Gehe ich auf meiner Pilgerreise durch Mühsal und Hindernisse im Glauben voran? Oder sehne ich mich nach einem mystischen »Hüttenweg«? Welches Buch bringt mich Gott, dem Nächsten und der Heiligen Schrift näher? Und welches Buch macht mein Zeugnis als Christ in dieser Welt authentischer? Ich hoffe, dem Leser fällt es nach der Lektüre dieser Schrift leichter, diese Fragen für sich zu beantworten.

John Bunyan schildert am Ende seines Buches, wie *Christ*, endlich am Ziel angekommen, die Szene eines Mannes beobachtet, der ohne ein Zeugnis in die strahlende Stadt eingehen wollte, aber gefesselt fortgeschafft wurde. Es war Herr *Unwissend*, ein Mann, der in der »Gegenwart des Königs gegessen und getrunken hatte« und sogar »belehrt« wurde. Herr *Unwissend* hörte die Wahrheit des Evangeliums und spürte die Gegenwart Gottes. Eine Erfahrung mit Gott, das Erleben der Gegenwart Gottes, die christliche Botschaft, die das Herz nicht erreicht, kann die erlösende Heilstat Gottes niemals ersetzen. Ein Mensch *muss* von Neuem geboren werden und *wissen*, dass sein Erlöser lebt – sodann bezeugt der Heilige Geist diesem Menschen, dass er ein Kind Gottes ist (Röm 8,16). Herr *Unwissend* stand vor der himmlischen Pforte und scheiterte dennoch, weil er kein Zeugnis hatte. *Christ* erkannte, dass »es selbst vom Tor des Himmels noch einen Weg zur Hölle gibt«.[93]

---

93 John Bunyan, *Die Pilgerreise*, St. Johannis, Lahr, 2005, S. 184-185.

*»Denn es wird eine Zeit kommen, **da werden sie die gesunde Lehre nicht ertragen**, sondern sich selbst nach ihren eigenen Lüsten Lehrer beschaffen, weil sie empfindliche Ohren haben; und sie werden ihre Ohren von der Wahrheit abwenden und sich den Legenden zuwenden. Du aber **bleibe nüchtern in allen Dingen** …«*  2. Timotheus 4,3-5a (Schlachter 2000)

# Anhang I
# Buchrezension

## Roger E. Olson: *Gott und Die Hütte –*
## *Was ist dran am Gottesbild des Weltbestsellers?*

Hinweis: Die Seitenzahlen dieser Rezension beziehen sich auf die 4. Auflage des Buches von Roger E. Olson (*Gerth Medien*, Asslar, Dezember 2009).

Zeitgleich mit der Erstauflage des Buches *Die Hütte* von William P. Young gab der Verlag *Gerth Medien* im Juni 2009 das Buch von Roger E. Olson *Gott und Die Hütte – Was ist dran am Gottesbild des Weltbestsellers?* heraus. Der Theologiedozent Roger E. Olson wollte mit seinem Buch einen »fundierten Einblick« über den Roman *Die Hütte* geben und die »Wahrheit aufdecken« – so der hintere Klappentext des Buches.

Beim Lesen des Buches von Olson wird indessen sehr schnell deutlich, dass der Theologe mit seinem Buch eine Verteidigungsschrift für den Weltbestseller von William P. Young verfasst hat. Folglich ist es nicht verwunderlich, wenn Olson am Ende seines Buches zu dem Schluss kommt: »Die Hütte scheint mir zu 90 Prozent richtig zu liegen: Gott ist gut« (S. 164). Die restlichen 10 Prozent unterzieht Olson zumeist einer so milden Kritik, dass der Eindruck entsteht, als seien seine Kritikpunkte nur nebensächlich oder gar vernachlässigbar.

Zu Beginn des Buches legt Olson seine Vorgehensweise dar: ein »panoramaartiger Bezug auf die Bibel«, wobei »an einigen Stellen ... bestimmte Aussagen in *Die Hütte* nicht recht zum Panorama der Bibel passen«, obgleich der Roman trotz alledem »theologisch völlig unstrittig« ist (S. 20). Olsons Ziel ist es also, kontroverse Aussagen in William P. Youngs Bestseller in das Panorama der Bibel einzupassen, um den Kritikern den letzten Wind aus den Segeln zu nehmen. Dieser methodische Ansatz muss folglich zu einer einseitigen Betrachtungsweise des Buches führen.

Dass Olson sich zu diesem Zweck einer ungenauen Schriftauslegung bedient, wird schon zu Beginn seines Buches deutlich. So verteidigt der Theologiedozent beispielsweise die Darstellung Gottes als Frau mit dem Verweis auf ein Gleichnis Jesu aus dem Lukasevangelium. Im Gleichnis von der verlorenen Drachme (Lk 15,8-10) hat Jesus »Gott als Frau geschildert« (S. 34), so Olson. Doch jedem aufmerksamen Bibelleser muss auffallen, dass Jesus in dem Gleichnis von einer Frau spricht, die eine verlorene Drachme wiederfindet und voller Freude darüber ist; sodann überträgt Jesus dieses Bild auf die geistliche Welt und legt es mit folgenden Worten aus: »So ist Freude vor den Engeln Gottes über einen Sünder, der Buße tut« (V. 10). Jesus vergleicht demnach Gott *nicht* mit einer Frau, sondern unterweist seine Jünger über die Freude bei Gott und Engeln über jeden Sünder, der umkehrt.

Solche theologischen Winkelzüge können dem Leser leicht entgehen. Wer Olsons Argument übernimmt, ohne über den wahren Sinn des biblischen Gleichnisses nachzudenken, mag irrtümlicherweise zu der Überzeugung kommen, dass William P. Youngs Darstellung der Trinität tatsächlich auf einem biblischem Fundament steht. Doch zunächst zu den überraschenderweise doch so zahlreichen Aussagen des Buches *Die Hütte*, die der Theologe Olson selbst als fragwürdig empfindet:

### 1. Das Kreuz

Young begeht einen »theologischen Fehler«, als er Gott sagen lässt, dass alle drei Personen der Trinität *zusammen* beim Kreuz waren (S. 46). Dennoch ist dies für Olson nur ein »geringfügiger« Fehler, der lediglich »potenziell irreführend« sein kann (ebd.).

## 2. Gut und Böse

Olson vermutet, dass Mack bei seinem Theologiestudium eine »*Alles-ist-in-Gottes-Hand*-Theorie« vermittelt wurde (S. 50). Olson vertritt ebenso wie Young nicht die Überzeugung, dass die Bibel dies lehrt, aber Olson weist darauf hin, dass auch *Die Hütte* bezüglich der theologischen Problematik des Bösen in der Welt »biblisch nicht wasserdicht« ist (ebd.).

## 3. Gott, mein Diener

Wenn Young in seinem Buch Mack sagen lässt: »Gott, mein Diener, muss es wohl heißen«, kommentiert Olson diese Stelle des Romans richtigerweise: »Es ist schon etwas dran an dem Bild, aber man hätte es besser ausdrücken können« (S. 56). Für Olson geht Youngs Aussage zu weit, obgleich er umgehend versucht, seine Kritik wieder abzuschwächen.

## 4. Der Sündenfall der Männer

*Die Hütte* »schießt am Ziel vorbei« (S. 72), wenn sie Männer so darstellt, als wären sie beim Sündenfall tiefer gefallen als Frauen.

## 5. Gottes Allwissenheit und Vorsehung

Olson wirft die Frage auf, ob *Die Hütte* »weit genug geht«, was die Bedeutung des freien Willens angeht (S. 74). In Youngs Buch wird Gott als allwissend dargestellt, aber auch als ein Gott, der ein Risiko einging, als er den Menschen mit einem freien Willen ausstattete. Olson stellt die Frage in den Raum, ob es möglich sein könnte, dass »Gott sein eigenes Wissen über die Zukunft beschränkt hat und lediglich alle Ausgangs*möglichkeiten* kannte« (ebd.). Wahrscheinlich ist Olson ein Vertreter des *Open Theism*, einer Theologie, die dies bejahen würde und Gottes Allwissenheit verneint.

## 6. Gott vergibt alles

Olson bringt seine Befürchtung zum Ausdruck, dass Youngs Aussage, Gott habe in Jesus allen Menschen ihre Sünden vergeben, einige Leute dazu führen könnte, »wegen ein paar Zeilen im Buch andere Stellen zu übersehen, die mehr Ausgewogenheit schaffen« (S. 79). Und weiter legt Olson dar, dass Young nie »genau darlegt, wie das [Vergebung und Erlösung] genau funktioniert hat« (S. 82).

## 7.  Gottes Zorn und Vergebung

Olson erkennt, dass William P. Young biblische Inhalte, die seinen eigenen Ansichten widersprechen, im Lichte der Liebe Jesu »relativiert« (S. 87). Ein derartiger Ansatz, so Olson, »birgt Risiken« (ebd.). »Wir müssen aufpassen, dass wir uns nicht nur das aus der Bibel ziehen, was wir als tröstlich oder hilfreich empfinden«, so Olson (ebd.).

Olson kommt ferner zu dem Schluss, dass die Darstellung der Vergebung in *Die Hütte* ihm »zu automatisch klingt« (S. 89). Gleichzeitig mildert er seine Kritik allerdings wieder ab, wenn er schreibt, dass er der Darstellung vom Wesen Gottes in Youngs Buch »viel abgewinnen« kann (S. 90), »ohne die extremen Aspekte komplett gutzuheißen« (ebd.).

## 8.  Die Existenz des Bösen

*Die Hütte* legt dem »Heiligen Geist« (»Sarayu«) die Aussage in den Mund, dass das Böse und die Dunkelheit keine wirkliche Existenz haben. Olson hinterfragt, ob Young wirklich damit sagen will, dass das Böse gar nicht existiert, und schreibt: »Nein, ganz und gar nicht. Aber er drückt sich missverständlich aus« (S. 95). Damit verteidigt Olson die missverständlichen Aussagen des Bestsellers. Was die Rolle des Teufels und der Dämonen angeht, sieht Olson einen großen Mangel in Youngs Buch, das darüber kein Wort verliert (S. 97).

## 9.  Erlösung

Die Erlösung wird laut Olson in Youngs Buch verkürzt dargestellt. Young »erwärmt« zwar das Herz mit seinem Roman, aber die »Wahrheit der Wiederherstellung« lässt er völlig außer Acht (S. 102). Olson bemerkt richtigerweise, dass der Mensch ohne das Wirken des Heiligen Geistes überhaupt keine Beziehung zu Gott haben will.

## 10. Der freie Wille

Olson weiß um die theologischen Gegensätze der Calvinisten, die die Souveränität Gottes betonen, und der Arminianer, die den freien Willen des Menschen in den Vordergrund stellen. Die theologische Überzeugung, dass der Mensch Gott »einzig und allein durch Gnade begegnen kann« (S. 103), eint allerdings beide Lager. Olson sieht in Youngs Buch bezüglich der Lehre der Erlösung eine zu »starke Betonung auf den freien Willen des Menschen, zu Lasten von Gottes Gnade« (ebd.).

## 11. Rechenschaft für das menschliche Tun

Olson räumt unumwunden ein, dass an der Kritik an Youngs Buch, Gott könne möglicherweise die Menschen für ihre Taten nicht zur Rechenschaft ziehen, »etwas dran ist« (S. 107), obgleich er wiederum die Gesamtbotschaft von *Die Hütte* sowohl biblisch als auch theologisch für richtig hält.

## 12. Gericht und Bestrafung

Olson äußert seine Bedenken, was Youngs Ausführungen über Vergebung und Bestrafung angehen. Vergebung kommt laut Young einem Freispruch von Bestrafung gleich, stellt aber nicht automatisch eine Beziehung wieder her. Olson hingegen argumentiert richtigerweise, dass ein letztes Völkergericht keinen Sinn mehr ergibt, wenn Jesus allen Menschen vergeben hat. »Mit der Vergebungsvariante von *Die Hütte* stimmt etwas nicht ganz« (S. 120). Sogleich mildert Olson seine Kritik aber wieder ab, wenn er erläutert, dass das Buch »eine wirkungsvolle Botschaft in sich trägt« (ebd.). Eine Seite weiter spricht Olson im gleichen Zusammenhang schon wieder von »grundlegenden Problemen«, die er mit dem Buch *Die Hütte* hat (S. 121).

### 13. Universalismus

Der Universalismus lehrt, dass alle Menschen in den Himmel kommen. Olson ist sich nicht sicher, ob Young dies wirklich lehrt, und schreibt: »Sollte dies seine Absicht sein, so sagt er es jedenfalls nicht explizit« (S. 121). Selbst Olson wirft die Frage auf, ob denn die Bibel überhaupt »unmissverständlich« lehrt, dass »nicht jeder in den Himmel kommt« (ebd.). Kurz darauf schreibt Olson, dass er sich gewünscht hätte, Young würde in seinem Buch mehr über die Hölle sagen (S. 122), da man ihre Realität »schwer verneinen« kann (ebd.). Was für einen Sinn aber macht die Hölle noch, wenn alle Menschen in den Himmel kommen und Olson in dieser biblischen Frage einer klaren Position ausweicht?

### 14. Jesus war kein Christ

Olson betrachtet den Ausspruch Jesu in Youngs Buch, er sei »kein Christ«, als »irritierend«, aber »nicht wirklich schockierend« (S. 127). Die schockierende Aussage folgt erst, als Young »Jesus« sagen lässt, dass alle Wege zu Gott führen. Olson kommt zu dem Schluss, dass Fragen »offen blieben« und Kritiker des Buches von Young diese Stelle als »relativistisch und theologisch liberal« bewerten (S. 128). Olson belässt es bei dem Widerspruch, dass der Autor von *Die Hütte* Jesus »erleuchtende Worte in den Mund legt«, und gleichzeitig lässt Roger E. Olson offen, ob diese Aussagen »biblisch und theologisch korrekt sind« (ebd.)!

### 15. Abneigung gegen christliche Institutionen

Olson bemerkt in Youngs Buch eine »tiefe Abneigung gegen festgefahrene Institutionen und Systeme« (S. 128-129) und mutmaßt, dass es Young einfach darum geht, »neue Denkansätze anzustoßen« (S. 129). Einige Seiten später schreibt Olson, dass *Die Hütte* die christliche Kirche und Nachfolge »zu drastisch« darstellt und dass er »seine Probleme damit hat« (S. 139).

Ferner vermisst Olson »eine größere Begeisterung für strukturierte Religion oder organisiertes Gemeindeleben« und kritisiert die »*Jesus-und-ich*-Mentalität« in dem Buch *Die Hütte* (S. 140). Olson misst der christlichen Kirche und Gemeinschaft großen Wert bei (S. 145) und vermisst dies zu Recht in Youngs Buch.

**Fazit**

Es lohnt sich, alle Kritikpunkte Olsons an William P. Youngs Buch *Die Hütte* auf einen Blick zusammenzufassen. Olson weist darauf hin, dass das Buch *Die Hütte*

- theologische Fehler begeht
- potenziell irreführend ist
- extreme Aspekte vertritt
- biblisch nicht wasserdicht ist
- biblische Inhalte relativiert
- über das Ziel hinausschießt
- teilweise nicht weit genug geht
- bestimmte Wahrheiten völlig außer Acht lässt
- den freien Willen des Menschen zu stark betont
- Gottes Gnade zu wenig betont
- eine unstimmige Vergebungsvariante vertritt
- nicht explizit Universalismus lehrt
  (aber vielleicht unausgesprochen?)
- irritierende Aussagen enthält, die biblisch möglicherweise inkorrekt sind
- schockierende Aussagen macht, die theologisch eventuell unhaltbar sind
- die christliche Kirche und Gemeinschaft problematisch darstellt
- eine *Jesus-und-ich*-Mentalität fördert
- dem Individualismus Vorschub leistet.

Gleichzeitig mildert Olson seine Kritik wiederum ab und verteidigt William P. Youngs Buch, indem er schreibt, dass das Buch *Die Hütte*

– Fehler enthält, aber keine Irrlehre
– 90 Prozent gute Inhalte vertritt
– nur ein paar extreme Zeilen enthält
– das Herz erwärmt
– mit Gewinn zu lesen ist
– theologisch und biblisch korrekt ist
– eine wirkungsvolle Botschaft enthält
– Jesus einleuchtende Worte in den Mund legt.

Von dieser Spannung zwischen Kritik und Zustimmung, von dieser Schizophrenie zwischen Kritik und dem Versuch, diese Kritik zu mildern oder gar ganz wegzuerklären, lebt das gesamte Buch von Roger E. Olson. Dass Olson sich auch theologischer Winkelzüge bedient, wurde bereits erwähnt. Olson bleibt in vielen Fragen unscharf, wenn er über »verschiedene Sichtweisen über Gott« in seiner Kirche hinweist (S. 34), auf (unsere) »falschen Vorstellungen« über das Kreuz (S. 81), auf die »nichtchristlichen Anhänger Jesu« (S. 132) oder auf das »dünne Eis«, auf dem er [Olson] sich selbst bewegt (S. 136). Er folgt damit der Linie des Autors William P. Young und seinem Buch *Die Hütte* und liegt ganz im Trend des Pluralismus und Relativismus, der mittlerweile auch in großen Teilen des Evangelikalismus angekommen zu sein scheint.

Wenn Olson am Ende seines Buches die Schlussfolgerung zieht, dass wir uns in das Bild Gottes, wie es uns im Vorbild Jesu vorgegeben wurde, verwandeln lassen sollen: »liebevoll, vergebungsbereit, mitfühlend und barmherzig« (S. 176), dann sagt Olson nichts Falsches, doch er sagt eben nur die halbe Wahrheit. Kein Wort von Gottes Gerechtigkeit oder Heiligkeit, kein Wort von Jesus als dem kommenden Weltenrichter. Den Gott der

Bibel summarisch als den »Gott der Liebe« zu beschreiben, auch das ist ein Trend der letzten Jahrzehnte. Macht Olson in dieser Beziehung nicht selbst den Fehler, den er anderen unterstellt: »Oft lesen wir in einem Buch nur das, was wir sehen möchten« (S. 68)?

Olsons Zerteilung Gottes in einen *Gott der Theologie*, der »leidenschaftslos« ist, und einen *Gott der Bibel*, der »voller Leidenschaft« ist (S. 25), wirkt gekünstelt, so, als ob es nie ein theologisches Werk gegeben hätte, das das Wesen der Liebe und Barmherzigkeit Gottes dargelegt hätte. Wenn Olson ferner schreibt, dass *Die Hütte* »unseren Kinderglauben über Gott korrigieren … und biblisch begründetere Bilder« vermitteln will (S. 38) oder »unser Bild von Gott erweitern will« (S. 39), suggeriert er damit, dass alle Kritiker von William P. Young an einem verengten Kinderglauben leiden, und unterstellt ihnen geistliche Unreife und einen toten Glauben an einen leidenschaftslosen Gott der Theologie.

Olson bleibt viele Antworten schuldig. Ist Gott allwissend? Olson scheint dies zu verneinen oder nicht beantworten zu wollen. Ob *Die Hütte* nun Universalismus nur unausgesprochen oder gar nicht lehrt, lässt Olson ebenso offen wie seine eigene Position zu dieser Lehre. Olson erläutert, dass die Theologie des Restriktivismus, die die »Erlösung auf Christen beschränkt« (S. 134), für ihn nicht überzeugend klingt. Laut Olson kann Jesus auch diejenigen retten, die den Namen Jesus nicht kennen oder nicht zu Jesus gehören (S. 135).

Olson nimmt in letzter Frage Bezug auf den gottesfürchtigen Zenturio Kornelius aus Apostelgeschichte 10 und macht aus dem römischen Soldaten kurzerhand »einen Anhänger Jesu, bevor er Jesus kennenlernte« (S. 133). Warum allerdings Lukas in seiner Apostelgeschichte berichtet, wie Petrus dem Kornelius predigt, dass alle alttestamentlichen Propheten von Jesus bezeugten, dass »jeder, der an ihn glaubt, Vergebung der Sünden empfängt durch seinen Namen« (V. 43), übergeht der Theologiedozent Olson stillschweigend. Auch Kornelius musste sich bekehren, glauben und Sündenvergebung empfangen.

Und eine weitere Bibelstelle aus Matthäus 25,31-46, die von der Scheidung der Schafe und der Böcke spricht, zieht Olson ohne nähere Erläuterung heran, um seine Sichtweise zu untermauern, dass auch Nichtchristen das Heil in Jesus haben können. Olson verwischt die heilsgeschichtlichen Konturen, wenn er diese Rede Jesu unterschiedslos auf alle Menschen anwendet. Viele Theologen sehen in dieser Rede Jesu die Zeit nach der Entrückung der Gemeinde, wenn das Gericht über diese Welt gegangen ist und die Trübsalszeit vorüber ist. Die Schafe werden in das Tausendjährige Reich hinübergehen, die Böcke in die ewige Pein. Das Handeln der Schafe und Böcke in der Endzeitrede Jesu zu einem Kriterium für das Heil aller Menschen machen zu wollen, widerspricht gesunder neutestamentlicher Lehre.

»Alles in allem finde ich die Kritikansätze in Bezug auf *Die Hütte* problematisch«, so Olson am Schluss seines Buches (S. 175). Man mag Olson zustimmen, dass nicht jede Kritik an William P. Youngs Bestseller gerechtfertigt oder überzeugend sein mag; doch *Die Hütte* als ein harmloses Buch darzustellen, ist angesichts der vielen Kritikpunkte, die Olson selbst anführt, wenig plausibel. Da hilft es auch wenig, wenn man die kontroversen Aussagen von Youngs Bestseller mit dem Argument verteidigt, *Die Hütte* wollte lediglich zuspitzen, um zum Nachdenken anzuregen. Auch die Bibel ermutigt zum Nachsinnen über Gottes Wort und Gottes Wahrheit, allerdings stets ausgehend von und verwurzelt in Gottes Heiliger Schrift.

In einigen Punkten spricht Olson jedoch auch klare Wahrheiten aus. Er verteidigt die »Lehre der Verderbtheit des Menschen« (S. 71), er scheut sich nicht, auf die Lehre der Hölle hinzuweisen

(S. 122), er betont, dass es kein »kirchenloses Christentum« gibt (S. 138), er lehnt ein individuelles Wohlfühl-Christentum ab (S. 141), er warnt davor, sich von dem Buch *Die Hütte* statt von der Bibel prägen zu lassen (S. 167), er erkennt die Gefahren ungesunder Gemeinschaft (S. 149), er benennt den Irrweg, wenn wahre Gemeinschaft in Institutionalismus verkehrt wird (S. 131), und er spricht deutlich aus, dass Gott als Richter alle Menschen für ihre Taten verantwortlich machen wird (S. 189).

Einerseits argumentiert Olson scheinbar überzeugend und auf der Grundlage der Bibel, ohne rechthaberisch oder dogmatisch sein zu wollen, andererseits relativiert er seine Aussagen oftmals und hinterfragt seine Einsichten. Dieses Gemenge aus klaren und unscharfen Positionen, aus Kritik und Lob an William P. Youngs Buch *Die Hütte* charakterisieren das gesamte Buch Olsons. Am Ende kommt Olson trotz aller Einwände zu einer positiven Einschätzung in Bezug auf das Buch *Die Hütte*, dem er zu 90 Prozent bescheinigt, biblisch korrekt zu sein. Dies lässt sich nur damit erklären, dass Olson das Buch *Die Hütte* aus der postmodernen Sicht des Relativismus beurteilt, die viele Deutungen zulässt.

Wer Roger E. Olsons Buch *Gott und die Hütte* liest, muss auch William P. Youngs Buch *Die Hütte* lesen, um sich ein Bild zu machen. Die Mühe, diese beiden Bücher zu lesen, ist wenig lohnend für den, der sich tiefer mit den theologischen Fragen auseinandersetzen will, die sowohl Roger E. Olson als auch William P. Young ansprechen. Hierfür gibt es zu viele andere gute Literatur, die sich ebenso tief, aber umso klarer mit den Themen beschäftigt, die in diesen beiden Büchern behandelt werden. Obgleich Roger E. Olson in vielem biblischer zu sein scheint, weist er dennoch den gleichen Weg wie William P. Young. Und das macht Olsons Buch vielleicht noch gefährlicher, weil es, obwohl biblischer, doch zu einem positiven Urteil über die *Hütten*-Spiritualität kommt.

# Anhang II
# Der »Quanten-Christus«

**Warren Smith (Auszüge aus dem Buch** *A* »*Wonderful*« *Deception*, **Lighthouse Trails, 2009, S. 167-170)**

Die New-Age-Spiritualität und die Neue Spiritualität propagieren längst, dass die Quanten-Physik als wissenschaftliche Grundlage für ihre Überzeugung dient, wonach Gott nicht nur transzendent (jenseits der materiellen Welt), sondern auch immanent ist – »in« jeder Person und »in« allen Dingen. Der Physiker Fritjof Capra war mit seinem Bestseller über Quantenphysik aus dem Jahre 1975 – *Das Tao der Physik: Die Konvergenz von westlicher Wissenschaft und östlicher Philosophie* – der erste Autor, der dieses wissenschaftlich-spirituelle Modell populär machte. Capra erläutert, dass er 1969 durch eine mystische Erfahrung am Strand von Santa Cruz, Kalifornien, neue spirituelle Einsichten gewann:

»Ich saß an einem späten Sommernachmittag am Ozean, beobachtete die Wellen und fühlte den Rhythmus meines Atems, als mir plötzlich bewusst wurde, dass meine gesamte Umwelt einen gigantischen, kosmischen Tanz aufführte … Als ich am Strand saß, wurden meine früheren Erfahrungen [Forschung in der Physik] lebendig; ich ›sah‹ Kaskaden von Energie, die aus dem All kamen und in rhythmischen Pulsationen Teilchen schufen und auflösten; ich sah die Atome der Elemente und die meines Körpers, wie sie an dem kosmischen Tanz der Energie teilnahmen; ich fühlte diesen Rhythmus und ›hörte‹ seinen Klang, und in diesem Moment wusste ich, dass dies der Tanz Shivas, des Herrn der Tänzer, ist, der von den Hindus angebetet wird.«

Als Capra dreißig Jahre später seine Erfahrung kommentiert, schreibt er, dass »er mit absoluter Gewissheit wusste, dass die Parallelen zwischen moderner Physik und östlicher Mystik eines Tages Allgemeingut sein werden«. 1999 schrieb Capra anlässlich des 25. Jahrestages der Veröffentlichung seines Buches, das mehr als eine Million Mal verkauft und in mindestens zwölf Sprachen übersetzt worden war:

»Was hat *Das Tao der Physik* in allen diesen Menschen bewirkt? Was war es, das sie selbst erfahren haben? Ich bin zu der Überzeugung gekommen, dass die Erkenntnis der Gemeinsamkeiten zwischen moderner Physik und östlicher Mystik Teil einer viel größeren Bewegung ist, ein fundamentaler Wandel der Weltanschauung ..., der sich nun in Europa und in Nordamerika durchsetzt und einer tiefen kulturellen Transformation gleichkommt ...

Das Bewusstsein der Einheit und der gegenseitigen Verbundenheit aller Dinge und Ereignisse, die Erfahrung aller Phänomene als Manifestation einer grundlegenden Einheit, dies sind gleichfalls die wichtigsten Merkmale, die alle östlichen Weltanschauungen gemeinsam haben ...«

Dann bezeichnet Fritjof Capra die Verbindung zwischen Mystizismus und der modernen Physik als die »neue Spiritualität«, die derzeit »von vielen Gruppierungen und Bewegungen sowohl innerhalb als auch außerhalb der christlichen Kirchen angenommen wird«. Als ein Beispiel dafür, wie die »neue Spiritualität« in der christlichen Kirche Fuß fasst, nennt er Matthew Fox, einen von Leonard Sweets »Vorbildern« und »Helden«.

... Das beste Beispiel für Capras Einschätzung, wie die »neue Quanten-Spiritualität« in den christlichen Kirchen angenommen wird, ist Margaret Wheatleys Teilnahme an der Konferenz des *Leadership Network* »Exploring off the Map« (Forschung jenseits aller Landkarten) im Mai 2000, an der auch Leonard Sweet teil-nahm. In einem vorangegangenen Kapitel wurde bereits darauf hingewiesen, dass Wheatley zum ersten Mal in Fritjof Capras Buch *Wendezeit. Bausteine für ein neues Weltbild* auf die »neue Wissenschaft« [die Verbindung zwischen Quantenphysik und östlicher Mystik] gestoßen war …

An der Organisation *Vantage Point* wird noch deutlicher, wie sehr diese Quanten-Spiritualität die christliche Kirche bereits erfasst hat. Diese Gruppierung in Süd-Dakota hat ein Pro-gramm für eine dreiphasige »spirituelle Erbauung« (*spiritual formation*) namens *The Vantage Point* oder *L3* entwickelt, wel-ches von einer wachsenden Zahl christlicher Kirchen in Nord-amerika angewendet wird. In der ersten Phase mit der Bezeich-nung »Emerging Leaders« (Entwicklung von Leitern) wird ein Zitat und eine Zusammenfassung von Margaret Wheatley ver-wendet … Das Curriculum zitiert Margaret Wheatley aus ihrem Buch *Leadership and the New Science* (»Leiterschaft und die Neue Wissenschaft«) und betont besonders ihre Sicht der »Beziehun-gen« und »gegenseitigen Verbundenheit«. Die Tatsache, dass dieses Programm auf Wheatley zurückgreift, zeigt erneut, dass Quantenphysik und Quanten-Spiritualität bereits in der christ-lichen Kirche angekommen sind …

**Anmerkungen des Übersetzers:**
*Neue Spiritualität*: Unter der Neuen Spiritualität (*New Spiritu-ality*) versteht Warren Smith die Vermischung von Christentum mit dem New-Age-Gedankengut. Warren Smith hat in seinem Buch eingehend nachgewiesen, dass diese Neue Spiritualität bis in die evangelikalen Kreise vorgedrungen ist – unter anderem durch Rick Warren, Robert Schuller u.a.

*Leadership Network*: Leadership Network ist eine 1984 in Dallas, Texas, von dem Unternehmer Bob Buford gegründete pro-gressive evangelikale Organisation, die sich besonders auf

Methoden des Gemeindebaus in der Postmoderne konzentriert. *Leadership Network* arbeitet sowohl mit Vertretern der Emerging Church wie Brian McLaren als auch mit Evangelikalen wie Bill Hybels (*Willow Creek*) und Rick Warren (*Leben mit Vision*) zusammen.

*Matthew Fox*: Der 1940 geborene US-amerikanische Priester und Theologe der Episkopalkirche vertritt die *Creation Spirituality* (Schöpfungs-Spiritualität), eine Bewegung, die von den Lehren mittelalterlicher Mystiker wie Hildegard von Bingen, Meister Eckhart und Nikolaus von Kues beeinflusst ist. Die Mystik erlebt gegenwärtig eine Renaissance bis in die Reihen der Evangelikalen hinein.

*Leonard Sweet*: Leonard Sweet ist Autor, Theologe der *United Methodist Church* sowie Professor an der *George Fox University* in Portland, Oregon. 2007 wurde er unter die 50 einflussreichsten christlichen Leiter in den USA gewählt. Leonard Sweet bezeichnete Teilhard de Chardin als einen der größten Christen des 20. Jahrhunderts und ist von seiner Weltanschauung geprägt, wonach der gesamte Kosmos von »Christus« durchdrungen ist (eine Art christlicher Pantheismus) und sich in einer spirituellen Evolution in eine »Einheit von allem Seienden« entwickelt. Er ist einer der treibenden Kräfte der Emerging Church und war in der Vergangenheit mehrfach Konferenzredner an der Seite Rick Warrens.

# Anhang III
## *Die Hütte* und New Age

Warren Smith (Auszug aus dem Buch *A »Wonderful« Deception*, Lighthouse Trails, 2009, S. 161)

| New Age | Die Hütte |
| --- | --- |
| Gott ist der Urgrund allen Seins – Gott ist in allen Dingen. | »Gott, der Urgrund allen Seins, wohnt und wirkt in allen Dingen, durch sie und um sie herum ...« (S. 127) |
| Gott durchdringt die Schöpfung, aus diesem Grund wird das englische Wort *Creation* für Schöpfung immer großgeschrieben. | Das Wort *creation* (Schöpfung) wird über zwanzig Mal mit einem großen »C« (*Creation*) geschrieben. |
| (Anmerkung des Übersetzers: Normalerweise werden Hauptwörter im Englischen kleingeschrieben, in der New-Age-Literatur wird statt *creation* jedoch die Schreibweise *Creation* verwendet, um die »göttliche Natur« der Schöpfung hervorzuheben.) | (Anmerkung des Übersetzers: In der deutschen Übersetzung ist dies nicht mehr erkennbar, da das deutsche Wort ohnehin großgeschrieben wird. Dem ehemaligen New Ager Warren Smith allerdings ist diese besondere Schreibweise im englischen Originaltext sofort aufgefallen!) |
| Das Böse, Finsternis und Satan existieren nicht wirklich. | »Sowohl das Böse als auch die Dunkelheit ... besitzen keine wirkliche Existenz.« (S. 155-156) |
| Quanten-Physik, Chaos-Theorie, Fraktal-Theorie werden von der New-Age-Bewegung und dem Okkultismus subtil missbraucht, um wissenschaftlich zu »beweisen«, dass Gott »in« allem ist, weil Gott sich »angeblich« in jedem Atom befindet. | Das Buch führt subtil in Quanten-Physik, Chaos-Theorie, Fraktal-Theorie ein, indem es sich auf »Quantenphänomene« (S. 108), »subatomare Ebene« (S. 108), »Chaos« (S. 146) und »Fraktale« (S. 147) bezieht und gleichzeitig lehrt, dass Gott »in« allem ist – in allen Atomen (S. 127). |
| Die Bibel ist nicht irrtumslos und zuverlässig. Mystische, spirituelle »Erfahrungen« mit »Gott« sind von größerer Autorität – selbst wenn diese im Widerspruch zur Schrift stehen. | Der Stellenwert der Bibel wird ständig abgewertet und in den Hintergrund gerückt. Mystische, spirituelle »Erfahrungen« mit »Gott« sind von größerer Autorität – selbst wenn diese im Widerspruch zur Schrift stehen. |

# Stichwortindex